乡野长歌

刘巧玲 著

远方出版社

图书在版编目（CIP）数据

乡野长歌 / 刘巧玲著. -- 呼和浩特：远方出版社，2023.8

ISBN 978-7-5555-1917-1

Ⅰ. ①乡… Ⅱ. ①刘… Ⅲ. ①纪实文学 – 中国 – 当代 Ⅳ. ①I25

中国国家版本馆CIP数据核字（2023）第153647号

乡野长歌
XIANGYE CHANGGE

著　　者	刘巧玲
责任编辑	云高娃　蔺　洁
封面题字	杨德明
封面设计	高　博
版式设计	韩　芳
出版发行	远方出版社
社　　址	呼和浩特市乌兰察布东路666号　邮编010010
电　　话	（0471）2236473总编室　2236460发行部
经　　销	新华书店
印　　刷	内蒙古爱信达教育印务有限责任公司
开　　本	787毫米×1092毫米　1/16
字　　数	220千
印　　张	19.5
插　　页	8
版　　次	2023年8月第1版
印　　次	2023年9月第1次印刷
印　　数	1—11 000册
标准书号	ISBN 978-7-5555-1917-1
定　　价	36.00元

如发现印装质量问题，请与出版社联系调换

青豆沟村航拍图

青豆沟村党群服务中心

云二召的照片

荣誉墙

穿村而过的公路

呼和浩特市文联领导参观种羊场

云文龙书记做专题宣讲

原驻村第一书记云文俊在葡萄园检查工作

"90后"驻村第一书记刘志富

老村主任讲述村史

安全宣传主题活动

同升一面旗、同唱一首歌主题活动

"双扶一固"表彰会议现场

建党百年庆祝活动

为老服务活动

7

养老服务中心捐赠活动现场

内蒙古师范大学地理科学学院实践基地挂牌

村里人跳起了广场舞

养牛场外景

养牛场内景

种羊场外景

种羊场内景

阳光玫瑰葡萄园区

阳光玫瑰葡萄

有机肥厂

甜玉米加工厂

赛科星国家奶牛核心育种中心

发放大豆根瘤菌

发放土豆原种

农田

收割青贮玉米

秋收

塘坝

小树成林

白桦林雪景

雪景

自　序

曾经，人类生活在洞穴里，后来逐渐有了村落和城市，城市成了文明与现代的象征，而农村成了封闭与落后的代名词。时代发展到今天，让人感到城市"病了"——人口密集、交通拥堵、环境污染、千城一面……人们以"钢筋水泥的丛林""不会呼吸的地面"喻之。那农村又是怎样的呢？众所周知，有些乡村非"诗意的栖居地"，有些乡村不宜居住，还有些乡村早已销声匿迹……生活在那里的农民，纷纷涌入城市，农村日渐凋敝。乡村衰落，是一个世界性的问题，是城市化和工业化驱动的必然结果。

久居城市的人，都有一个田园梦。2022年6月10日，我随呼和浩特市文联组织的作家采风团，前往呼和浩特市清水河县五良太乡青豆沟村，听鸟语，闻花香，看恬静的山村风物。这是真正意义上的一次走进乡村看振兴。

青豆沟，内蒙古北部的一个小山村，一听村名，感觉质朴得如同一捧黄土，走近时感觉到处都是耀眼的彩虹。令人诧异的是，青豆沟人是如何把家园营造得这般美丽的。为了寻找答案，我在采风之后又两次来到这里。我穿过坝堰连接的农田小路，走进农户家，住进窑洞，倾听坚守在这片土地上的人们讲述刻骨铭心的故事，用心感受青豆沟村的山乡巨变。

站在石塘山上远眺，四山含黛，青豆沟犹如一个巨大的聚宝盆。我用想象拼接着图画，思绪万千。这个小山村，虽鲜为人知，却颇具特色，真可谓天蓝、山青、地绿、畜壮、人和。

天蓝。据当地人讲，以前这里是沙尘暴肆虐之地。大黄风一刮起来，漫山遍野、遮天蔽日，对面看不到人，白天窑洞里还得点着灯。如今，天蓝得像刚洗过的蓝色幕布，一尘不染。只要抬头看看天空，所有的忧愁和烦恼都会像天上的白云一样，消失得无影无踪。

山青。山上苍劲挺拔的油松、半坡中柔软碧绿的草地和台地上枝叶茂盛的果树各领风骚。青豆沟桃源胜地般祥和的景象，美丽如画：山头松树戴帽，梁峁梯田缠腰，沟坡林草穿袍，坡脚果树穿靴……这是青豆沟人致力于小流域治理，艰苦奋斗、征山治水、治沙造林的结果。

地绿。青豆沟人用惊人的勤劳和智慧，将沟沟坎坎淤澄成良田。在被深沟分割出来的田垄间，绿油油的农田里，玉米、荞麦、莜麦、谷子、豆子、土豆整齐排开，长势喜人。披着绿装的田边，树木像护卫的哨兵，草地上的牛羊像撒下的珍珠，绿地间塘坝泛着凌凌清波。蜿蜒的道路穿过树林，穿过村庄，每一处都有新奇的景致。小山村掩隐在绿树丛中，只有走近，才会有一孔孔窑洞展现在面前。太阳暖烘烘地照在绿色大地上，一股清凉的山风吹过，村子的上空炊烟袅袅。

畜壮。青豆沟不仅有几个大型的种植养殖合作社养牛、养羊，而且家家户户都在搞养殖，只是养殖数量的多少不同而已。牛、羊白天成群结队地在草地上吃草，夜晚归来。在牛倌和羊倌的吆喝声中，它们的主人们聚在村头，领回自家的牛羊，好一幅"牧归图"啊！这些反映出青豆沟经过多年的摸索和实践，走出一条种养结合的脱贫致富之路。

人和。青豆沟村子不大，人口不多，却历史悠久，是一个汉族与蒙古族共同生活的民族村。村民们像石榴籽一样紧紧相拥，团结一致，共同发展，共同富裕，先后获得内蒙古自治区"民族团结进步示范村"和"乡村振兴示范村"殊荣。云三三、云元占、云二召、云义龙作为不同时期的青豆沟的村干部，为带领村民摆脱贫困，历经几十年，逐渐培育出"矢志艰苦奋斗，勇于开拓创新"的精神，摸索出"综合治理，保障水土不流失；打坝淤地，保证退耕不反弹；种养结合，保证收入不减少"的治理经验，使一个自然生存条件欠佳的小山村，由乱到治，由穷到富，成为生态宜居的美丽乡村，开启了乡村振兴的探索之路。特别是云二召，他三十年如一日，坚守在村党支部书记的岗位上，强班子、治村貌、勤致富、勇担当，敏锐把握机遇，顺势而为发展，实现一生的夙愿——改变家乡的面貌，让乡亲们过上好日子，迎来山乡巨变。他奔波着、忙碌着、奉献着，直到生命的最后一刻。这位别样的书记，触及灵魂深处，甚至让人想起蒙古族传奇英雄嘎达梅林。脚底有泥，振兴有路。面对年轻人背井离乡、老年人故土难离、土地无人耕种的困境，驻村第一书记云文俊，新一任村党支部书记、村委会主任云文龙，改善人居环境，发展集体经济，打造美丽乡村，吸引年轻人回乡创业，共创家乡的美好明天。

采访结束时，青豆沟村军民连心楼会议室里的两幅字仍浮现在我的脑海里。一幅是"全心全意为人民服务"，一幅是"幸福都是奋斗出来的"。

全心全意为人民服务是毛泽东同志廉政为民思想的核心，是党的根本宗旨。可以说，我们党的历史是一部全心全意为人民服务的历史。为人民服务，不是一句简单的口号，它要求每一位共产党员，在为人民服务的过程中，锻炼意志，锻造本领。为人民服务，需要不断学习，忠诚担当，永不停歇！

何以圆梦，唯有奋斗！2017年12月31日晚，习近平以国家主席身份在新年前夕发表新年贺词，一句"幸福都是奋斗出来

自　序

的"，通过电视、网络传遍神州大地，引发亿万同胞的共鸣。奋斗，一直是习近平彰显初心，勉励人民的关键词。这句话，言简意深、充满力量，激励着无数人风雨兼程，砥砺前行！

当我问起这两幅字时，云文龙说："'全心全意为人民服务'和'幸福都是奋斗出来的'，是我们村的宗旨和不懈的追求，村里几代人走出一条艰苦的乡村治理和乡村振兴之路。兴生态农业，舞万丈春风，生产发展是根本，生活富裕是目的。"

赶上了改革开放的好时代，赶上了乡村振兴的新时期，青豆沟成为当代农村沧桑巨变、当代农民精神成长的缩影。这片民族团结进步的沃土上，山青地绿，像水墨画一样充满诗情画意，见证着黄土地上的沧桑巨变。古力半几河水诉说着艰苦奋斗的故事，共同富裕像集结号一样铿锵有力。我萌发了走近、了解、融入、书写青豆沟的强烈愿望，谱写这曲撼人心魄的乡野长歌。

长篇纪实文学《乡野长歌》所展示的，既是平凡而伟大的几位乡村带领人的艰苦奋斗史，也是青豆沟人站在新时代的起点上，锐意进取，薪火相传，敢闯敢创，善作善成，谱写的乡村治理和乡村振兴的感人故事。

刘巧玲

2023年3月于呼和浩特市

目 录

引 子 / 1

第一篇　战天斗地篇　/ 5

第一章　康堡古城溯源　/ 7

第二章　吃饱肚子尚为先　/ 12

第三章　兴修农田水利运动　/ 17

第四章　知青农场的机械手　/ 22

第五章　愚公壮志易高山　/ 27

第六章　万亩滩大会战　/ 32

第七章　"铁牛"进村　/ 37

第八章　美满婚姻　/ 43

第九章　"土专家"降服"沙魔"　/ 49

第十章　村子里的"万能匠"　/ 55

第二篇　综合治理篇 / 61

第一章　云二召的梦想 / 63

第二章　农业科技推广员 / 67

第三章　再战万亩滩 / 72

第四章　苗圃，绿色的希望 / 77

第五章　黄金搭档 / 84

第六章　小流域治出青山绿水 / 90

第七章　"黑脸包公" / 95

第八章　云文龙的"草根成长史" / 100

第九章　持家有"道" / 107

第十章　植绿家园 / 112

第十一章　农民奥运火炬手 / 118

第三篇　脱贫致富篇 / 123

第一章　勤劳致富的引路人 / 125

第二章　塘坝养鱼做活"水文章" / 131

第三章　大坪之兴衰 / 136

第四章　父亲的召唤 / 141

第五章　蒙瑞丰种养殖专业合作社　/ 146

第六章　难以辜负的重托　/ 151

第七章　军民连心楼　/ 156

第八章　护林队长　/ 163

第九章　薪火相传　/ 170

第十章　云文俊的家国情怀　/ 175

第十一章　乡村治理的"领头雁"　/ 181

第四篇　山村蝶变篇　/ 187

第一章　波波代　/ 189

第二章　达赖哈达　/ 194

第三章　七墩窑　/ 199

第四章　一道沟三个村　/ 204

第五章　一条河两个村　/ 209

第六章　大库伦　/ 214

第七章　康堡新韵　/ 220

第八章　危房改造刻不容缓　/ 226

第九章　幸福院里的笑声　/ 231

第十章　铸牢民族团结魂　/ 236

第五篇　乡村振兴篇　/ 241

第一章　希望的种子　/ 243

第二章　"90后"第一书记　/ 248

第三章　进军甜玉米市场　/ 254

第四章　阳光玫瑰葡萄基地　/ 259

第五章　让"粮田"变"良田"　/ 263

第六章　稻田里的"追梦人"　/ 269

第七章　青豆沟的"新农人"　/ 274

第八章　让闲置土地"活"起来　/ 281

第九章　一座村庄一种精神　/ 286

第十章　凝心聚力再出发　/ 291

尾　声　/ 295

后　记　/ 299

引 子

2019年2月2日（戊戌年腊月二十八），是一个令人悲痛的日子。天上乌云密布，寒风凛冽，一场隆重的葬礼正在举行。

59岁的青豆沟村党支部书记、村委会主任云二召，一位有血性、有骨气、有正气的蒙古族汉子，因常年积劳成疾，在工作岗位上病逝，永远地离开了人世，离开了他倾尽心血、为之奋斗、无限眷恋的青豆沟。

朝夕相处的村民们不愿相信，相生相惜的山川大地不愿相信，相亲相爱的家人朋友不愿相信，几天前还生龙活虎、朝气蓬勃地奔波在巡山护林路上的云书记，一夜之间天人永隔，生死两茫茫。

县里的、乡里的、村里的，领导、亲戚、朋友，都来为他送行。

青豆沟的乡亲们对云二召的突然离去难以接受，只能用哭诉来倾吐对他的悼念。泪水在每一张脸上流淌成河，送葬的队伍前不见头、后不见尾。

30多年来，云二召坚守在村党支部书记的工作岗位上，因地制宜，分类施策，综合治理，造福一方，迎来山村巨变、乡村振兴，处处踏石有印，抓铁有痕。

风声、哭声，在这个悲凉的腊月里，似乎连空气都被冻僵了。

人群中，一个白胡须的长者哭喊道："老天爷啊！你怎么能让二召走在我前头呢？他是村里的主心骨，致富的带头人。我活着有什么用？你为什么不让我替他去死呢？"

人群中哭声响成一片……

苍天流泪，大地悲怨。人们为云二召感到惋惜，因为他还不到花甲之年，走得太早、太匆匆。在他身上聚集了很多角色：中国共产党党员、村党支部书记、护林队长、奥运火炬手、父亲、儿子、丈夫……

再过两天就是春节了，云二召还是没有挺过这个腊月。忙碌了几十年不得闲，这下他永远闲下了，闲得让人想起来就心里发慌。

乡亲们抓起一把又一把土和着眼泪掩埋为他们苦死累死的好书记，那场面铁石心肠之人也会泪目。

生离死别是人世间的常事。云二召虽然离开了，但他的音容笑貌、高风亮节、吃苦耐劳和无私奉献，永远留在人们的心中！

云二召的一生是光辉的一生、勤劳的一生、朴实的一生。他把自

引 子

己的一生，无私奉献给了养育他的这片黄土地，并在这片土地上立下了不朽的丰碑！

生如春花之绚烂，死如秋叶之静美。这是他一生的光辉写照。

葬礼结束后，驻村第一书记云文俊，召集全村党员，在支部会议室里召开了一次特殊的会议，以悼念云二召。云二召的长子云文清、次子云文龙也参加了会议。人们还记得云文清在告别仪式上说的话："父亲脾气不好，性直心热。就在他去世的前一天，有户村民娶儿媳妇缺钱，父亲还给我打电话说：'你给拿上一万块钱，他有难处咱就得帮。'"

原村主任杨全望着桌子上云二召的桌签，想起自己30多年的搭档永远地离去，泣不成声。

青豆沟村服务中心墙上的组织机构栏里支部书记下方仍是云二召的照片，他那黑里泛红的脸上带着坚毅淡定的笑容。可是，云二召再也不会出现在这里了，他的身影被永远地定格在夕阳西下护林防火后回家的路上……

葬礼后不久，受清水河县委宣传部委托，县政协的薛建华带领采访组踏着云二召生前留下的足迹，走进他用一生奉献守护的这片土地，写下通讯《一支燃烧的火炬》。之后，各大媒体都进行了采写和转发。云二召就像一把燃烧的火炬，将自己点燃，直到生命的最后，他的感人事迹在内蒙古的大地上广为传颂……

春节临近，春天很快就来了……

春天，对农业、农村和农民来说，有着特殊的意义。春天，是播种希望的季节，也是云二召最盼望的季节。每年的中央一号文件，就是春天里希望的种子。云二召再也看不到了，但他也能放心地走了，因为他完成了脱贫攻坚的重任，实现了"改变家乡面貌，让乡亲们过上好日子"的夙愿。他带着乡村振兴的美好愿景，恋恋不舍地走了。一座座坝堰、一块块良田、一片片树林，倾诉着他生前的往事。

春蚕到死丝方尽，蜡炬成灰泪始干。逝去的人入土为安，活着的人仍需前行。几代人凝聚起的"矢志艰苦奋斗，勇于开拓创新"的精神，必将薪火相传，发扬光大！

两个月后，通过民主选举，云文龙以满票当选青豆沟村党支部书记和村委会主任。这是一种传承和接续，也是发展和创新的新起点。

据说青豆沟行政村村委会所在地康堡村最早的村民，就是云二召的先祖。他们世代生活在这片土地上，繁衍生息……以云二召为代表的青豆沟几代人的奋斗史和发生在这片土地上的感人故事，就从康堡古城讲起吧……

第一篇　战天斗地篇

古人说："事者，生于虑，成于务，失于傲。"伟大梦想不是等得来、喊得来的，而是拼出来、干出来的。

——2018年12月18日习近平在庆祝改革开放40周年大会上的讲话

鲁迅在《故乡》中写道："……苍黄的天底下，远近横着几个萧索的荒村，没有一些活气。"这是中国近代乡村衰落景象的真实写照，也是中华人民共和国成立前清水河县五良太乡青豆沟村的景象。

青豆沟村地处库布其沙漠东侵风沙地带，与白二爷沙坝相邻。由于生态环境恶化，这里的土地沙化情况严重，植被很少，粮食产量很低，农牧业发展艰难，人们的生活十分贫困。吃饱穿暖成了长期陷入饥寒交迫困境中的青豆沟人最低的要求和最大的向往。

在20世纪六七十年代，青豆沟人以"吃苦耐劳、艰苦奋斗"的实干精神，在沟壑纵横、黄沙肆虐的土地上，以改天换地的运动式开荒种地，以水力冲填的方式造田。虽历经千辛万苦、千磨万难，但只能过着"越垦越贫、越贫越垦""种一坡，拉一车；打一笸箩，煮一锅"的凄惨日子。

青豆沟人从治理水土流失的失败教训中发现，不能跟大自然硬碰硬、对着干。一次次拼死拼活修的大坝，一次次遭遇水毁。每次都是人仰马翻，损失惨重。这些失败的经历，让青豆沟人认识到穷就穷在水土流失和土地沙化上。水土保持是山区生产的生命线。青豆沟人立志要彻底"拔穷根"。

第一章

康堡古城溯源

地名,是语言、地理、历史演变的综合反映,是人类不断发展和进步的一个标志。

康堡,是一个具有民族文化特色的村名。约清乾隆八年(1743年),生活在这里的蒙古族民众,将此地取名为"察汉伊勒更",系蒙古语"忠诚、勤劳"之意。后改名为"康堡",系蒙古语"平坦的地方"之意。追根溯源,康堡自然村中的蒙古族都姓云,是云──召家族的一脉。因为没有文字资料可查询,后人只能按康堡古城的变迁和土默特蒙古族驻牧清水河厅(今清水河县)的时间来探寻云氏家族的来历。

康堡古城遗址,位于今康堡村北,古力半几河南岸,地势开阔平坦。古城的南城墙已荡然无存，东、西城墙有两段较清晰，北城墙呈土垄状，尚可清晰辨认。根据地表遗物分布判断，古城平面为长方形，有东、南两个城门，残存的城墙为夯土墙，外不包砖石，用土坯砌出一人多高，上面长满树木和杂草。2008年8月，清水河县人民政府将康堡古城认定为县级重点文物保护单位。2021年10月，呼和浩特市人民政府在古城遗址上，以汉文、蒙古文形式，竖起两块汉白玉石碑，让沉寂几百年的古城现世。

康堡，是个神奇的地方。这里是明代早期的"守边堡"，也是明代蒙古族土默特部的驻牧地，还是明、清时期的马场腹地。如今，这里系青豆沟村民委员会驻地，是一个山青地绿、生态宜居、汉蒙聚居的民族团结进步示范村。

14世纪中叶，朱元璋起兵，一路高歌猛进，以摧枯拉朽之势，攻破元大都（今北京），建立了明王朝。明廷针对北方边境的军事防御情况，在北方沿线布防。到明朝中期，北方防线形成上万千米的边墙，设置了9个军镇，兴筑了上万城堡，派驻了数十万驻军。

康堡，位于明代长城内侧，应属万座城堡之一。"堡"是中国北方广泛存在的一种聚居形式，具体表现为用土围起来的村落。这种聚居建筑形态，主要用于防匪劫掠。

康堡，是明朝蒙古族土默特部的驻牧地。"土默特"是历史上蒙古族部落的名称。"土默"是蒙古语"万"的意思，"特"是万的复数词，所以"土默特"是个吉祥词，有祈望人丁兴旺、强盛发达的寓意。明朝中朝，达延汗重新统一蒙古各部。后土默特部跟随达延汗的孙子阿拉坦汗，迁徙驻牧到大青山以南的广阔平原，从此这一带被称为土默川。据《清水河县志》记载，明万历十年（1582年），清水河县为土默特部驻牧地。明末称清水营。清崇德元年（1636年），属土默特左翼旗的管辖区域。这里青山绿水、牧草丰足、人烟稀少。土默特蒙古族来到这里，过着"逐水而居"，无固定住所的游牧生活。据推测，云二召的先祖就是那时来到康堡古城驻牧的。之后，山西、河北的贫苦农民和手工业者，背井离乡，流落到这里。他们在这里开荒种地，很快开垦了大片的农田，也出现了很多蒙汉杂居的村落。随着百姓交往的加深，生活在这里的土默特蒙古族逐渐由牧而农，过上半农半牧的定居生活。

康堡一带，曾是清朝末年清廷放垦的八旗马场地。康熙在位中期，漠西蒙古准噶尔部兴起，在噶尔丹的统领下，不断东进南下，侵占喀尔喀，进逼北京城，杀虎口外蒙古地区成为清朝抗击准噶尔的前沿阵地。

康熙三十一年（1692年），康熙决定在右卫城（今山西省右玉县右卫镇）设置八旗驻防，共有满、蒙、汉八旗官佐和骑兵5000多人，设军用牧马之所。

清雍正年间，从土默特牧地内划拨近万顷土地作为右卫八旗马场。马场位于浑河以南，地跨和林格尔、清水河两厅。内有蒙古族牧民聚居的几个村，如康堡、波波代、达赖哈达、大库伦等，属于地广人稀之地，因而清理丈放土地时只能为地块编号。按照"五尺为弓，二百四十弓为亩，百亩为顷，顷编为'号'"的原则，每一百亩编为一号地。后来，随着居民人数的不断增加，有些编号地渐渐成为居民点，久而久之，这些居民点成为村子的正式名称。

雍正末年至乾隆初年，开垦土默特牧场4万余顷，其中清水河境内就有2.7万顷。边内汉族逐年增多。1912年前后，清水河境内仅有两个佐领分布。到1930年前后，这两个佐领内的不少蒙古族迁出。康堡的云氏家族选择留在此地，由游牧改为务农，成为农民。

云二召的先祖是土默特蒙古族，他们来康堡村定居的时间已无据可考。他家现在居住的石窑，就是在祖宅地基上硷的，窑后是康堡古城的南门。根据祖坟和亲戚的地契来推断，云氏先祖无论是来此驻牧，还是养马，约在明万历十年（1582年），是最早来康堡村定居的土默特蒙古族人。

相传，青豆沟自古是兵马营盘、战略要地，以康堡古城为证。云氏先祖来到这里起先是游牧驻牧，后来逐渐屯田扎根，并雇用帮工，汉蒙聚居，睦邻友好，互帮互助，相互通婚。在这里，游牧文化与农耕文化实现了很好的交融，这块儿风水宝地最终发展为民族聚居村。

中华人民共和国成立后，云氏家族的四代人中，云文龙的祖爷爷云三三当过乡长，爷爷云元占当过村党支部书记、生产队队长，父亲云二召当过村党支部书记、村委会主任、护林队队长，云文龙担任村党支部书记、村委会主任。其中，三位云书记的性格各有特点，但是内在的精神和气质非常相似，如爱学习，能吃苦，甘于奉献，面对复杂的环境能够保持清醒的头脑，具有敏锐的判断力等。

青豆沟人聪明能干、勤奋好学、自强不息的品质，或许得益于其崇尚耕读的传统，或许得益于清水河人文精神对他们的滋养。

第二章

吃饱肚子尚为先

"地诚任，不患无财。"中华民族经过数千年农耕文明的浸染，使得其生产生活紧紧依附于土地。有了土地，意味着能够生存，为了土地，人们愿意献出自己宝贵的生命。面朝黄土背朝天成了中国人生活最真实的写照。中华人民共和国成立后，人民当家作主，农民获得了赖以生存的土地。当时，新中国刚刚建立，百业待兴，摆在国家面前最重要的任务，就是发展民生，努力让人民过上好日子。

康堡村坐落在一个坡梁上，村前是一片滩地。旧社会时，村里富裕户的上水地，很少种庄稼，主要是种洋烟。当时，塞外流传着一首歌谣：

第一篇 战天斗地篇

咸丰登基十一年,

口里口外种洋烟。

十亩田里八亩烟,

留下两亩杂粮田。

洋烟是鸦片的俗称,由罂粟果实的汁液加工而成。罂粟,一年生草本植物,叶片碧绿,花朵缤纷,果实繁盛。这种美丽的植物还有一个别称——"恶之花"。

19世纪初,西方国家为扭转对中国的贸易逆差,增加了向中国倾销鸦片的数量。清同治、光绪年间,清政府践行"以土抵洋"的鸦片政策,鼓励民众种植罂粟以减少进口,防止白银外流。罂粟的种植比较简单,而且同种植粮食相比,种植罂粟的经济效益更高。受利益驱使,全国各地普遍开始种植罂粟,而且吸食鸦片者众多。有些人因吸食鸦片,弄得家破人亡。

中华人民共和国成立后,国家颁布了"禁烟令",开展烟民登记工作,成立戒毒所,屡教不改者依法逮捕公审。到1953年,清水河地区的罂粟种植和鸦片吸食情况基本没有了。

云二二生于旧社会,小时候家里年长的直系长辈也有吸食鸦片的,所以他对鸦片深恶痛绝。他勤于读书,在当地老一辈文化人中属佼佼者。新中国成立后,他在青豆沟乡当乡长。解决村里人的吃饭问题,是乡干部的头等大事。

乡野长歌

20世纪50年代，中国农村经历了三次大变革：土地改革、农业合作化运动和人民公社化运动，一家一户男耕女织的劳作方式至此发生了巨大的变化。

1952年，土地改革结束。村里每户人家都有了几亩薄田，有了住房，这对那些从来没有过田产的贫雇农来说，真是美好生活的开始。然而，青豆沟村四面环山，沟沟壑壑间，要么是零散的耕地，因地势低洼，一场大雨就能将庄稼全部淹没；要么是沙梁薄地，浇不上水，靠天吃饭。此外，当时农村的生产条件极其落后，老牛木犁疙瘩绳，比刀耕火种进步不了多少。

从出现互助组、合作社到建立土地集体所有制，从生计的维持到变革的动力，行走在岁月流逝的沙河中，青豆沟人始终没有忘记这片哺育其数千年的土地。但是他们实在是太穷了，土地贫瘠，黄沙漫漫，穷得在这一方乡土中有点儿扎眼。

青豆沟的穷，首先是因为地薄。祖先立足生根的这片土地，号称"万亩滩"，是一片低洼的盐碱滩，根本种不出粮食来。其次是因为地少。整个村子土地面积不足千亩，包括一些不能耕种的坟地、水塘、河滩、荒丘等，人均能耕作的土地不足一亩。农民以土地安身立命，地薄加上地少，又没有人能把村民组织起来去改造土地的贫瘠状况，他们一代代重复着祖祖辈辈单家独户的耕作模式，谈不上农具的改进，更谈不上生产关系的革新，这就是青豆沟年复一年贫穷复贫穷的主要原因。

第一篇 战天斗地篇

1952年春,青豆沟像别的村子一样,开始出现互助组。这就是村民的生产方式组织起来的萌芽。一开始,由地块相邻的、住户相邻的、谈得来的、沾亲带故的几户农民自愿组成松散的临时互助组,从中推荐出一位大家信得过的村民担任组长。那时的"互助",劳动能力强的帮助劳动能力弱的,有耕牛、有农具的帮助没有耕牛或农具不全的,但也有很多人喜欢和劳动能力强的富裕人家搭伙,劳动力多、生活较富裕的人愿意继续单干。

民以食为天。尽管吃不饱,穿不暖,但村民们听党的话,跟党走,心情舒畅,精神饱满,生产劳动的积极性高涨,呈现出生机勃勃的景象。村民们不管刮风下雨,天天参加农业生产劳动,干劲冲天。

那时,干群关系非常好,县里来的干部艰苦朴素,廉洁奉公,真心实意为老百姓说话办事,受到群众的拥护。派下来的干部,到云三三家吃派饭,吃完了还要按规定留下一些饭钱。

有一年,云三三带领村民全身心投入一项水土保持工程,治理一条水土流失非常严重的大沟。工地上,人声鼎沸,手提肩挑小车推,尘土飞扬。云三三站在高坡梁上指挥,整个人就像土人一样。

有一年,云三三组织村里人深翻土地,打地埂。全村人扛着红旗,日夜奋战。他们先在漫坡上,一道道地垄地边修梯田,再在平展展的土地上,翻下二尺多深。

有人不解地问:"云支书,为什么要翻这么深?"

云三三说:"深翻土地是上面的号召,这样做可以保水保肥,能增产。"

听说深翻土地能多收粮食，村民们干起活来格外卖力，尤其是垒地埂时，他们一字排开，站在地埂上，用铁锹拍得震山响。

土地，意味着生长，意味着生存，意味着安居乐业，意味着太平盛世。只有土地，才能带给中国人最深邃的安全感和幸福感。

第三章

兴修农田水利运动

1958年，人民公社成立，全国农村涌现出两万多个人民公社。在锣鼓喧天的口号声中，原来分给农户的耕地、牲畜、农具都入了社，归了大集体，村民们全部成为人民公社的社员。

那时，云三三担任康堡大队的支部书记。他白天组织社员下地干活，晚上在昏暗的灯光下，和记工员一起给社员记工分，然后盖上小戳子，等年底时统一结算分红。那时候，人民公社实行的是"按劳分配，多劳多得"原则。然而，生产队根据自己的实际情况，可以把劳动分值提高一点，劳动者多分一些，丧失劳动能力的老人少分一些，保证人人有饭吃。

人民公社成立不久，村里就办起了公共食堂。各家各户的粮食都归到队里，队里隔三岔五宰猪杀羊。当时，村子里流行着这样的顺口溜："食堂好，食堂好，一顿莜面一顿糕，吃顿块垒拿油炒。"社员们从地里劳动回来，聚集在食堂一起吃饭，很热闹。起初，大家还能吃饱肚子，但好景不长，队里的粮食吃光了，猪羊宰杀尽了，食堂散了伙。

康堡村的"大跃进"，是从春天大规模兴修农田水利的运动开始的。

清水河政府从全县各公社抽调社员兴修白旗窑水库，这是清水河县的重点水库。水库的功能以防洪灌溉为主，修好后可以保障灌溉5个村的良田和村民饮用水。

康堡生产大队几乎都是年轻人，他们个个朝气蓬勃，尤其是云三三的儿子云元占听说要参加白旗窑水库的修建，摩拳擦掌，跃跃欲试。进入工地前，云三三主持召开了规划会，社员们各抒己见，气氛十分热烈。开完会后，他还找人画了一张规划图。对于云元占他们这样的年轻人来说，那是奠定他们理想、信念最重要的一段时光。

白旗窑村与康堡村相邻。社员们带着家里的铁镢、铁锹、小推车上了工地，用这些简单的劳动工具修建白旗窑水库。那时，集体劳动、集体在食堂吃饭，是农民们前所未有的集体生活经历。工地上红旗招展，用大喇叭放歌，呈现几千人共同劳动的场面。

大喇叭告诉大家，毛主席说"妇女能顶半边天"，不仅男性劳动力要组织起来，妇女也要组织起来。组织起来的程度，大家都是没有见过的。修水库不给工钱，参加劳动的社员都是义务劳动，但他们仍能吃苦耐劳，没有半点怨言。一是大家听党的话；二是认为这是为子孙后代造福的好事，能改变家乡的面貌，不再过靠天吃饭和肩挑背磨的日子。

大坝修筑时没有机器，全靠人工背土筑成。一般情况，下午会统一用石滚压坝，场面很壮观，漫山遍野全是人，像蚂蚁搬泰山一样，几乎全乡的劳动力都动员起来了，大家使出全身力气，干劲十足。

康堡村离工地近，云三三每天天不亮就带着社员上工地了。离得太远的人就干脆不回家了，或就地扎营，或住在当地人家里。

1959年，白旗窑水库竣工，储水容量达50万立方米。

那时的集体劳动和劳动光荣的观念，深深影响着一代人。他们的吃苦耐劳、无私奉献对于社会主义发展起到巨大的推动作用。工地上的红旗，在他们的精神世界里飘扬了一辈子。

村口的墙上用红泥水刷写着"保水保土如保命，治山治水如治家"的标语。

寒冬腊月是农闲时节，云二二都会把全部精力投入修水库、修公路以及电站基础建设上。

中国农民祖祖辈辈都是以耕种土地为生，他们日出而作，日落而息。自力更生、艰苦奋斗成为他们的本色。然而，国民经济困难时期，老百姓的生活苦不堪言。尽管他们天天高喊"战天斗地""人定胜天"，但是旱、雹、洪、霜、病、虫等自然灾害接踵而至，不给他们一点喘息的机会。面朝黄土背朝天的农民，扑泥下水刨闹一年，也填不饱全家人的肚子，云三三作为生产大队支部书记，带领社员苦战一年，还是解决不了粮食问题，他甚感悲哀。

为了实现增产，云三三发动社员们在万亩滩上开沟挖渠，局部改善土地条件，让土地对小旱小涝有了初步的抵御能力。1963年，康堡队的粮食产量达到每亩700斤，与之前亩产只有230斤相比，是个重大的突破。集体仓库里有了余粮，社员家里也存有隔年粮，社员基本能填饱肚子了。

1964年，毛主席号召"农业学大寨"。云三三体会到要改变青豆沟人的生活现状，就一定要改造土地，这是他在一瞬间冒出来的念头。

春节是一年中最盛大的节日。1966年的春节，社员们过得简单又匆忙。云三三在年前就开大会跟大家说，春节后要改土造田，有串亲的、拜年的都要在五天之内完成。

正月初六的早晨，北风凛冽，薄冰未化。社员们冒着严寒来到了万亩滩。

大家没有举行任何仪式，也没有慷慨激昂的动员令。云三三率先卷起裤腿跳下滩，铲起第一锹冻土，由此拉开康堡生产大队改土造田的序幕。

看到支书带头下滩，村民们纷纷挥动工具干了起来，挖土、平墩、挑土、填土、开河、挖渠……没有任何现代化机械，只有铁锹、扁担和锄头。要把这么多高坡上的土挑到低洼的滩地，工作量难以想象。然而改土并不只是把高处挖低，低处填平，为了保证改土后的土地肥力不被破坏，必须先把高处和低洼田的表土肥土剥离，另外存放，把高处下层的土填在低田上，然后再将原来的表土铺在新土上，真是"寸土万担泥"。这还不够，为了进一步改良土质，还得在改造后的新土上施"洞头肥"。所谓"洞头肥"，就是在地上挖出一个一个的洞，再将肥塞进洞里，要不然，肥就会浮在上面，雨水一冲就跑了。

就在云三三带领社员们大干快上的时候，"文化大革命"爆发了。他那改变家乡面貌，让乡亲们过上好日子的梦想破灭了。

现在人们的生活富裕了，但是当年的历史不能忘记，当年战天斗地的精神不能忘记。因为它真实存在于过往的生活中，时刻提醒人们，珍惜当下的幸福生活！

第四章

知青农场的机械手

人们总是喜欢追赶一艘满帆的快船，却不愿意看一下自己所乘的是不是一叶失舵之舟。

贺风云17岁的青春岁月，是从1974年的春天开始的。那一年，他从清水河县第一中学高中毕业，响应知识青年上山下乡的号召，来到五良太乡白旗窑知青农场下乡。知青点的宿舍是一排坐北朝南的砖房，共有十几间房，每间可住两人。宿舍的东侧是伙房。刚到知青点的时候，大家围坐在一起吃饭，一起讨论，可没过多久就各自端着饭碗，或回宿舍，或蹲在院里单独吃饭了。宿舍的对面是一段残破的土墙，上面长满荆棘，土墙的西侧是一间高大的砖房，房门很宽，两扇对开，里面停放着一台拖拉机。知青点成了一个没有大门的小院。说句实话，他们这帮"文化大革命"后期的知青，与那些早期上山下乡的大哥哥大姐姐们相比，真是幸福多了，然而他们的思想却远没有那些大哥哥大姐姐们坚定和深邃，这一点在他后来的军营生活中，得到了很好的印证。

20世纪70年代初，号称"天下第一团"的河南省太康县道情剧团，有一出现代戏《前进路上》享誉全国。主人公女知青王春霞的唱词"火红的太阳当头照"更是脍炙人口，其中"眺望着拖拉机突突欢跑，按不住我心中阵阵波涛。恨不能一步跨进驾驶舱，犁呀犁三天，耙呀耙三夜，犁三天耙三夜不觉疲劳"，唱出了当时人们对拖拉机手的向往之情。"楼上楼下，电灯电话，洋犁子洋耙，点灯不用油，犁地不用牛"，就是当时的人们对美好生活的向往。许多人没有见过拖拉机，更别提成为拖拉机手了。社会上流传着一句广告词："东方红，品质升，农民种地更轻松。"当时农业的主要出路是机械化，所以贺风云有了一个梦想，就是当一名拖拉机手。

没过多久，贺风云的愿望实现了，成了知青农场的机械手。

第一天操纵拖拉机时，贺风云左手拉住离合杆，右手挂入一挡，然后右手缓缓推动油门，随着离合杆的轻轻放下，车辆平稳起步了。他开心地大笑起来。他驾驶着拖拉机出门左拐，轻巧地走上大路。农村的土路凹凸不平，空载的拖拉机非常颠簸。他没敢使劲推油门，车速很慢，比步行快不了多少。在"突突突"的声音中，他却觉得风驰电掣。从那天起，他驾驶着拖拉机进行翻、耙、播、压等工作。他很爱这台拖拉机，经常将拖拉机开到小溪边擦洗，用杂草蘸着草木灰擦去机头上的油泥，露出鲜红的机箱，即使在农忙季节，也会如此。他最喜欢用两句话来形容自己的工作："满面风尘满身油，满腔热血涌心头。"这是当年知青生活的真实写照。那时，五良太乡经常搞大会战，日子虽然很苦，但是过得很充实。知青们都想开一开拖拉机，每当这时，贺风云非常得意，但从来没有答应过他们，这是知青点的"宝贝疙瘩"，弄坏了怎么办？顶多在顺路的时候，让他们站在拖拉机后面的车斗里，在颠簸的土路上兜兜风。大家对他是既敬佩又羡慕。

一场春雨过后，迎来一年中最好的时光，人们开始春耕播种了。青豆沟生产大队队长云元占，对季节变化把握得非常精准。因为他是一位勤勤恳恳、地地道道的庄稼汉。

为了抢时间，他走遍村里的每一块土地，查看土地保墒情况，安排春耕计划，可谓费尽了心思。他不仅把队里的农业机具用到了极致，还从知青农场借来一台拖拉机，帮助村里耕种，以此解决生产大队农机具力量不足的问题。

开着拖拉机过来帮忙的正是贺风云。他见到云队长后没有一点生疏感，反而格外亲切。因为知青们刚来这里时，派饭全在云队长家里吃。云队长家的生活虽然不富裕，但他总能想办法让知青们吃饱。望着他结实厚重的肩膀，贺风云想，云队长能挑起家里和村里所有的事情。

贺风云在前面耕地,云队长在后面播种。云队长边撒种子边说:"二后生,好好干。等活全干完了,大爷宰只羊,给你吃炖羊肉素糕。"

听了云队长的话,贺风云的干劲更足了。为了赶任务,他驾驶着"宝贝疙瘩"在田野上奔跑,很少休息。云队长每天都会让家人为贺风云准备吃食,让他吃好、喝好,消除一天的疲劳。

地全部耕完的那天,夜幕降临,多云的天空显得夜色来得早一些。布满云层的天空中,一轮新月,时隐时现。夜色渐浓,春风比夜风还要凉爽。贺风云的内心充满愉悦感和成就感。他走进云队长家的院门,就闻到一股炖羊肉的香味。他想:"云大爷还真的给我宰羊炖肉了。"他想起自己在知青中炫耀能吃上炖羊肉时,大家异口同声地说:"你不能吃独食,到时候把我们都叫上。"

贺风云转身走出院子,开上拖拉机,回知青农场,拉来20多人。

当时,清水河的羊很小,用一张报纸就能包住。这么小的羊怎么够20多人吃呢?云队长一看来了这么多人,当场就傻眼了。

他埋怨道:"二后生,你也不先招呼一声,这可为难死我了。"

贺风云说:"我们这是有福同享。云大爷,你不用为难。每人吃上一块羊肉,用羊肉汤泡素糕,吃饱肚子就行了。"

云队长家虽然生活条件不好,但他的热情和饭菜质量丝毫不减。望着知青们狼吞虎咽地吃着,他脸上露出欣慰的笑容,说:"二后生，感谢你这些天的忙碌。我是一个'大老粗'，也不会说话，你帮我完成了耕种计划，谢谢你啦！"

尽管拖拉机手当时是令人向往的职业，但其中的艰辛也是难以想象的。有时为了抢季节、争进度，他常常加班加点连轴转。知青农场是一个寸草壕，当地人称阳坡，风起沙扬，人们往往是"晴天一身土，雨天一身泥"。"难道要把青春献给这个偏僻荒凉的地方吗？"贺风云在心里一遍遍地问自己。

半年后，贺风云报名参军，在部队服役30年。他转业后到清水河县武装部工作。

如今，贺风云已经退休。每当回到青豆沟，回想起短暂的知青生活，就像发生在昨天。上山下乡的经历，使他对农村和农民的生活有所了解，也培养了他与当地群众的感情，懂得什么叫信心。脚踏在大地上，置身在人民群众之中，他感到非常踏实，很有力量。他常说，农村艰苦的生活，能够磨炼一个人的意志。

春种一粒粟，秋收万颗子。在乡村，能感受到丰收的喜悦和夜晚的深沉与宁静。

第五章

愚公壮志易高山

1975年，云元占当上康堡生产队队长后，就开始带领社员们治沙造林，改造破碎的土地。他们成为改造家园的坚定先行者。

又是一场扬沙蔽日的大黄风。狂风发出尖厉的叫嚣声，摧毁了刚刚修好的农田，秧苗也被连根拔起，刚栽下的杨树苗被吹走了不少。

田地里，社员们看着被大风连根拔起的秧苗，心里惋惜不已。

看见几个社员抱头蹲在地上，云队长像个土人一样走过来，问："这块儿地上也没苗啦？"

一个社员含着眼泪说："云队长，这块地今年出的全是一类苗，那个齐整呀，看着就舒心。这场大风把苗连根拔起，比刀子剃得还干净呢。"

另一个社员沮丧地说:"为了兴建农田水利,我们辛苦了多少年。人永远斗不过天,咱认命吧!"

云队长开导道:"过去有个老愚公,他的门前挡着两座大山,出入很不方便。后来,他带领全家老小挖山不止。有人嘲笑他愚蠢,还有人说他异想天开。可无论别人说什么,他都心平气和地说,子子孙孙无穷尽,总有一天,山会被搬走的。老愚公的精神感动了山神。山神把山搬走了。愚公壮志易高山,我们要改变家乡的面貌,就要发扬愚公精神,就要依靠集体的力量。"

一个社员说:"你这话说得没错,但是苗没了,怎么办?"

云队长说:"苗没了,我们可以再补种上,人如果连骨气都没了,就全完了。"

另一个社员说:"种晚苗,兴许还行。"

云队长说:"风一过,咱们就赶快补种上,一点儿收成也没有,全村老小只能喝西北风了。"

一个社员说:"西北风里都是沙子,牙碜得很。可是,万一补种上了,再刮一场风怎么办?"

云队长说:"刮一回,咱就补一回,我就不信这风还刮上没完啦。"

另一个社员说:"云队长,我们听你的,学习老愚公,下定决心,不怕牺牲,排除万难,争取胜利!"

云队长又来到另外一个生产小队，大田里更是一片狼藉。200多亩地里的庄稼不是被风打死，就是被碱烧死，没剩几棵活苗。

小队长说："云队长，这地没法种了，社员们又吵闹着准备外出寻找出路了。"

云队长说："当务之急，是要发动群众，抓好生产，安排好社员们的生活，再挺一挺，救济粮款就要发下来了。"

小队长说："光说抓好生产，地里连苗也没了，怎么抓？"

云队长说："补种。这个时候，你们要把腰杆挺直了，风再大也不能先把队干部们吹倒了。"

那些日子，云队长异常焦虑，他的嘴唇上裂开一道又一道的血口子。他躺在炕上睡不着，就想：这天一点雨也不下，可漫山的洪水却下来了，将土地冲得沟沟壑壑、支离破碎。年年大干，也没见多少成效。以前在工地上边吃饭边听广播，他的头脑里装着全国各地的新鲜事。他知道白旗窑水库的劳动场面，不是独有的；康堡村的土地贫瘠，无法抵御旱涝灾害，也不是独有的。当前最重要的问题是，如何把风沙治住。治风沙必须得制订一个总体的规划。

第二天，云队长召开了一次会议，专门研究治理风沙的方案。他说："我们共产党员，是全心全意为人民服务的。为人民服务要具体，要落实在行动上。康堡是我们的家乡，我们对这里的一草一木都有着深厚的感情。目前，灾情这么严重，我们要发扬'愚公移山'的精神，吹不垮、磨不断，以冲天的干劲和实事求是的工作作风，把大队的事情做好，一干到底，完成治理风沙这个生产上的革命。"

会上，为了找到固沙的办法，他们绞尽脑汁。正当他们焦头烂额的时候，有个社员急急忙忙跑进来说："我们村里有座坟，不知道是用啥办法封固住的。几年来没有被风刮平，也没有让风吹跑。"

云队长一听，眼前一亮，说："走，咱们去看看。"

一行人来到田间，找到那座坟，围着转了好几圈，发现这座坟不是用沙土堆的，而是用胶泥封固的。人们把坟的主家找来，想问个明白。那主家说："当初，在这儿挖墓坑的时候，周围都是黄沙，挖到深处，全是胶泥。入葬的时候，我怕坟被风刮平了，就用挖出的胶泥来封固，培下半尺厚。"

这座坟给了云队长很大的启发，心想：难怪它刮不走呢，原来黄沙土下面有层胶泥，这是一个了不起的发现。

云队长先找了一座沙丘做试验。经过社员们半天紧张的劳动，沙丘穿上了半尺厚的"衣裳"。老天好像在存心考验这些治沙人，当天下午一场大风刮到大半夜。第二天，人们惊喜地发现，狂风过后，用胶泥压住的那座沙丘纹丝未动。

一场轰轰烈烈的治理风沙运动在康堡大队展开了。云队长发动全大队的人马，凡是有淤泥、胶泥的沙丘，都用泥土封固，这样沙丘就不再流动了。

沙地没有林，有地不养人。云队长知道，治沙不造林，根本改变不了家乡的面貌。他把杨树包给各生产小队，坡地包给个人，集体和个人按比例分成。社员们干劲倍增，两个月栽下30亩防风林。之后的许多年，社员们都在搞防风林带，多造一亩是一亩，多栽一棵是一棵。

在治沙造林的同时，云队长还开展了大规模的深挖压碱治理工程。男女老少齐上阵，一看那劲头，就知道康堡的老百姓在写改天换地的历史。社员们鼓足勇气，一举开垦出500多亩荒地。但是，因为缺乏农田灌溉设施，水未能引入田地，还要靠老天"风调雨顺"。靠天吃饭、广种薄收仍改变不了这里的生存状况。

40多年过去了，当年的康堡大队，已经变成青豆沟行政村。当年云队长的梦想，早已变为现实。当年他带领社员在后沟、南河沟、西滩栽下的几百亩杨树，如今已长成参天大树，披着绿装，形成屏障般的防风林。每当上了年纪的村民们坐着小轿车经过这里时，都会说："这是当年云队长带领村民，发扬愚公移山精神栽下的，真是'前人栽树，后人乘凉'啊！"

第六章

万亩滩大会战

云二召14岁时,第一次参加大规模的集体劳动,感受到了一种从未有过的气吞山河的力量——集体力量。这种力量可以移山填海,可以改天换地。

水力冲填,一般指在农田水利基本建设中的一种劳动方式,即利用水流的巨大冲击力将高位的泥土冲刷成泥浆,自行流往低位的一种运送土方的劳动过程。水力冲填造农田,这一先进技术的出现,显示出强大的生命力,在山区发展农田基本建设中发挥了很大的作用。当地人把水力冲填简化成"套土"。

万亩滩,地处黄河中游丘陵沟壑区,上游是白旗窑村,下游是青豆沟村,东起二十二号村,西至大库伦村,东西均与和林格尔交界,南至一道沟，北至古力半几河。这里的天然地形，适合筑水力冲填坝，最重要的是，这里有白旗窑水库的水资源。在这里筑水力冲填坝的优势是施工方便、节省劳力、工期短、成本低，但泥浆脱水固结需要一定时间，坝体升高速度受到一定限制，且土料的干容重较低，抗碱强度较小，需要较平缓的坝坡，工程量较大。

从1974年4月开始，五良太公社（今五良太乡）在这万亩乱石滩上，组织了一次万人大会战，涉及白旗窑和青豆沟两个生产大队的十几个生产小队。在五良太乡总技术员杨九龄和"水利土专家"云二万的指挥下，测量、打坝、开渠，以大寨为榜样，筑水力冲填坝造田。

各个生产队男女老少齐上阵。为了节省往返时间，当地的社员腾出空闲的窑洞，给路途远的社员们住。住不下，社员们有的挖窑洞，有的露天打铺，睡在没有房顶、没有床、没有火的石板上，薅把茅草当铺草，真是铺地盖天。社员们自己携带着粮食，每个生产队由专人负责做饭。全民劳动无报酬，生产队给记工分。

他们还在二十二号村做过滚水坝。洪水下来后，各生产队分工非常明确，有从山上拉石头、运沙子的，有开渠挖土运土的……选出一些会砌墙的老师傅，用石头、沙子和水泥做成滚水坝。整个工期用时50多天。

开渠时也很艰难，那时推土机、挖掘机等还没有广泛应用，偌大的工地上只有两台拖拉机。土料的开挖、运输和填筑，只能靠镐头、锹头和手推车这种原始劳动的作业方式进行，而且工期非常紧，必须抢在汛期前完成。

云二召跟着父亲云元占来到大会战工地参加劳动。云二召终于有机会见识了水力冲填的劳动场面。他看着两台拖拉机挖土打围堰，被深深地吸引了，立志要当一名拖拉机手。

万亩乱石滩上，农田建设工地星罗棋布，在水源好的地方，建坝体打围堰，清水来了浇地，洪水来了淤洪澄地。陆续赶来上工的社员越聚越多，有人说云技术员来了。这个云技术员正是云二万，论辈分，云二召得叫他爷爷。云二万看到云二召，笑嘻嘻地说道："二召，你年龄小，干多干少的，甚不甚注意安全，你到水流的最上面去吧。"云二召心里明白，安排他到水流的最上面，是在为他的安全着想。

随着工地上两名柴油机手发动两台柴油机的轰鸣声响起，社员们各就各位。下面的20马力立式柴油机带动抽水泵运转以后，上面的12马力卧式柴油机也挂上了皮带。两台机器组成的二级扬水站将坝内的蓄水扬到了高处，直径6寸的黑胶皮水管喷出白花花的清水顺沟渠而下。

云二召和社员们忙着挥锹往水流中铲土，不大一会儿就听到坝体这头的护坝员一边用锹头刮泥浆，一边高喊："云技术员，停一停吧，泥浆太稠，流不动了！"

听到吼声，人们都直起身子，稍微展展腰。

一会儿，又听到坝头负责刮泥浆的人喊："云技术员，再停一停，泥浆又稠得流不动了！"

云二万冲着坝上没好气地吼道："泥浆稠得流不动，你赶快拿锹刮了哇！只有稠稠的泥浆流到坝体上，才能保证坝体不滑坡。"

云二召对云二万肃然起敬：我爷爷不愧为"水利土专家"！

傍晚时分，两台抽水机停止了转动，云二召和社员们一起收工回家。

云二万走过来对他说："你才是个14岁的娃娃就这么爱劳动，如果大家都能像你这么踏实肯干，我们就能提前竣工了。"

云二召说："我很乐意来工地参加劳动，我喜欢开拖拉机的叔叔，更乐意看你指挥大家劳动的样子。"

云二万笑着说："只要你愿意学，我就把我的看家本领都教给你。咱们一起把我们的村子建设好。"

水力冲填坝筑起，一道道围堰打起，稠稠的泥浆再流入河滩的围堰内，乱石滩就变成了平展展的田地，那是他们用血汗换来的劳动成果。

有一次，在人们施工的过程中，洪水冲了下来，掀起高高的水柱，将其中的　段坝体冲毁了。在两台拖拉机的协助下，大家齐心协力用锹挖、用镐堵，终于将坝体修复了。

在社员们的共同努力下，计划8个月完成的工期，仅用50天就顺利完成了。

会战结束后，淤出白旗窑村和青豆沟村境内的几千亩良田，生产队在田里种上了玉米、豆子、高粱、谷子和土豆。

在第一轮土地承包时，这些良田被分配给两个行政村的14个自然村的600多户1400多人耕种，那绿茵茵的土地记录着人们奋斗的足迹……

第一篇 战天斗地篇

第七章

"铁牛"进村

1958年,新中国自己生产的第一台拖拉机身披红色彩绸,轰隆隆地开出河南省洛阳市的第一拖拉机制造厂大门,从此中国有了属于自己的拖拉机。从那时到拖拉机轰隆隆开进清水河县五良太乡青豆沟村,却用了整整20年。这20年中,拖拉机就是庄户人的希望和梦想——实现农业机械化,也许就是从这台拖拉机开始的。

1979年初春,漫长的冬天已经接近尾声,温暖的春天还没来得及走近,沙尘却已无情地袭击了青豆沟村。整个村庄成了黄沙肆虐的舞台,天昏地暗,飞沙走石,形成百米高的"沙墙",能见度不到50米。大树被刮得沙沙作响,刚吐出嫩绿的枝条被折断。那脆弱的绿洲在肆虐的风沙中无助地颤抖,空气里弥漫着一股呛人的黄沙的味道。

乡野长歌

一个农户猪圈里的小猪仔，被一阵风卷起，抛到了另一个农户家的旱厕里。一季风沙铺天盖地，把农闲的人们困在屋子里，不想让他们出门。

风沙稍有停息，躲在家里不敢出来的村民，被一阵阵"突突突"声惊呆了：难道肆虐的沙尘暴又回来了？人们诚惶诚恐地走到院子里，抬头望望天、看看地，那不安分的风沙真的消停了，可是这声音来自何处？

人们感觉到将要有什么大事情发生，纷纷从一排排高低错落的窑洞里跑出来，连喊带叫地跑过院坝，来到康堡生产队的打谷场。风停了，黄昏衔着晚霞，落在草垛上。

打谷场一直是村里最热闹的地方，村里有什么大事小情都在这里交流。

从五良太公社到康堡生产队的沙石路上，传来的"突突突"声越来越大，声音之大似乎超过了春节里喜庆的锣鼓声。

青豆沟生产队队长云元占不紧不慢地走过来，问："这大风天儿，你们围在这里做甚了？"

"云队长，你没听见这惊天动地的'突突突'声吗？"

"少见多怪，那是拖拉机声。"

那时候，村子里用的是牛车、驴车和大胶车，哪见过拖拉机呀？在农村，这可是稀罕物。

"哪儿来的拖拉机？"

"是乡里给我们队里的，我派人把这个'铁牛'开回来了，马上就要进村了。"

"我们村还有人会开拖拉机？从来没听说过。"

"突突突"声越来越大了，一台崭新的戴着大红花的"铁牛55"拖拉机开进了村，停在打谷场上。

整个村子沸腾了，那场景比娶媳妇还热闹，社员们的脸上、心里都乐开了花。

驾驶舱里坐着三个年轻人。那个瘦瘦的、脸色黑红的，叫云二召，刚满18岁；还有一个瘦瘦的、个子不高的，叫杨全。

杨全指着另外一个年轻人，向云队长介绍道："云队长，这是县农机局的干部张三，我虽然有驾驶本，但技术不过关，怕路上出事，就请他把这个'铁牛'开回来了。"

云队长握着张三的手说："辛苦你了！"

"这台'铁牛'好厉害呀！四个大轱辘，后面两个比人还高，'突突突'地开进村，别提多气派了！"张三说。

"这个55马力的稀罕玩意儿，值得大伙来围观。"云二召说。

"你们还真把'铁牛'开回来了，今年的春耕不用为牛力不足发愁了。"云元占上前打量着"铁牛"，高兴地说。

"爸，我喜欢摆弄机器。我考上机动车实习驾驶证了，是名副其实的拖拉机手了。"云二召对父亲说。

"这拖拉机让谁开，我们还得开会研究一下。"云元占说。

"这种'铁牛55'拖拉机名气可大了。据说刚刚从天津拖拉机制造厂生产出来时，供不应求。全国各地的村干部和大队公社都找关系帮忙，想买这种拖拉机。"张三说。

当天晚上，云队长召集本村的长辈云补计、云二万来自己家开会。

云二万是青豆沟村农田水利、治沙造林的"土专家"，德高望重。他说："这台拖拉机就让二召开吧！一来三三已经不在了，如果他在天有灵，知道自己的孙子开上了拖拉机，也会很欣慰的；二来在云家三大户的小字辈里，就二召会开。以后谁家需要，他就去谁家帮忙。你们看怎么样？"

云补计说："二召是个好孩子，热心上进。他是赶大胶车的，后来学会了开拖拉机。让他开，是英雄有了用武之地。我没意见。"

1960年7月，云二召出生在康堡自然村。时值国民经济困难时期，全国人民正在过着缺吃少穿的苦日子。清水河是个山区，是个革命老区，也是一个穷地方。百姓的日子过得更艰辛。但这里的人特别和善、淳朴、憨厚，说话直来直去，丁是丁、卯是卯，不会拐弯抹角，不会取巧耍滑。也许受这些风土人情的影响和熏陶，云二召长大后，也成了一个直爽善良的人。为了能多挣点工分，他17岁就在康堡生产队赶大胶车，比在村里劳动一天多挣些工分。

云元占说："有了这台拖拉机，咱们农忙时再不用愁了，我相信二召一定会开好它。"

"布谷，布谷……"布谷鸟又啼春了。

当时农村经济落后，生产队家底薄，无钱买耕牛。老黄牛套上牛轭总是四蹄蹒跚，一天时间耕不了两亩地。每逢春耕开始，云元占都会因牛力不足而犯愁，常给公社领导打报告，寻求解决办法。每当他传达完公社会议精神，就会说："人误地一时，地误人一生。各村要不失时机地搞好春耕生产。"

对农民来说，春耕生产是重中之重，可谓：一年之计在于春。

次日清晨，杨全和云二召在一片荒地上练习耕地。杨全有驾驶本，云二召就跟他学习。这场景引来全队男女老少的围观，大家都很惊奇，这台"铁牛"真的要耕地啦？

春风拂面，田埂上站满了观看拖拉机耕地的社员。他们个个笑逐颜开，等着看他们驾驶着"铁牛"为大家"表演"。

云二召坐进驾驶舱，神气地说："我听人说，'铁牛55'拖拉机非常能干，每天可耕地80亩，可牵引5吨拖车。"

可是，拖拉机挂上与之配套的五铧犁后，只能在原地打转转，于是换成杨全开，仍然玩不转。经过云二召不断的琢磨，拖拉机终于可以耕地了。当初，生产队下地干活的都是那些拉着拖车的老黄牛、拖着木桶的毛驴车。这台拖拉机彻底改变了人们的生产方式，人们由此发现，原来种地还有更好的方式。

秋天时，他们驾驶着拖拉机，去丰镇将配套的5吨拖车拉回来了。

从此，云二召就驾驶着"铁牛55"拖拉机，施肥、喷雾、堆草、排灌、发电、磨粉等。这台拖拉机几乎能满足村子里农业机械化所有的需求。

1979年，改革开放的号角吹响，18岁的云二召有幸与农机结缘。他意气风发地进了公社的农机站，开着一台拖拉机，耕遍了村里所有的土地，尝到了开农机、修农机的甜头。

虽然拖拉机是由农机站统一管理的，但还是由云二召驾驶。在村里，拖拉机成了香饽饽，每天早晨，拖拉机旁站满了求耕的人群，谁先拿到油桶，谁就可以得到拖拉机的"耕地权"了。

耕地、播种时，拖拉机就像火车头，后面挂着很多拓展性工具，可以犁地、松土、播种。完全靠人力和畜力耕作，一亩地往往要干上一整天；拖拉机出现后，一天耕几十亩地成为现实。

到了20世纪80年代中期，农村普遍实行家庭联产承包责任制，土地承包到户，农民们开始一家一户自主经营，云二召操纵着拖拉机奔向更广阔的田地……

第八章

美满婚姻

云二召18岁时,身体虽不魁梧,但很结实。他说起话来声音洪亮且干脆干练,一看就不是那种优柔寡断、拖泥带水的人。

那是一个阳光明媚的上午,生产队组织大家到大坪打坝。云二召骑着自行车出发了。走到半路,他看到路边有一个步行的女孩儿。这个女孩儿瘦瘦小小的,云二召看到后心"怦怦"狂跳。她叫刘翠女,也是康堡村的。云二召热情地邀她上车,说他们顺路,可以带她去工地。刘翠女怕耽误上工,就没有推辞。让人没想到的是,这么简单的一次接触,会给云二召的生活带来意想不到的变化。

云二召一辈子都不会忘记那个上午,因为他遇到了自己喜欢的人。从此,他那简单的世界里,有些东西像初春的花一样,不知不觉地绽放开来。

清明节前夕，青豆沟村依然是冬天的景象——草木枯寂着，越来越密集的"大黄风"刮得天昏地暗，以至于大白天窑洞里还得点着灯。据老人们说，这"大黄风"是天气转暖的征兆。

云二召一天天忙碌起来。他每天娴熟地开着拖拉机，帮村里人干农活。

夕阳西下，还在忙碌中的云二召突然听到从田间地头传来的喊声："二召，快收工，今天晚上放映队要来村里放电影啦！"

20世纪70年代末，村子里的文化生活很单调。村里没有电，更别提电灯、电话、电视机和收音机了，看露天电影是庄户人最盼望、最兴奋的事。每年县里的电影队下乡来放一两场电影，那技术和能力超级棒。尽管电影大多是样板戏和战争片，但仍然是当时农村档次最高的文艺活动。无论多远的路，人们都会兴冲冲地赶过去观看。

那时的人生活很简单，日出而作，日落而息，人人为我，我为人人，没有奢望，吃饱肚子就行。每到烧火做饭的时候，家家户户袅袅炊烟，简直是乡村里一道荡漾出烟火气的景观。

云二召把他心爱的拖拉机停放好，回家扒了两口饭，就向放电影的地方跑去。

电影已经开始了，打谷场上，黑压压一片人。正面坐满了，还可以在背面看，效果差不多。

云二召并没有专注地看电影，而是一个劲儿往人群里瞅。他看见不远处刘翠女正和一群女孩并排站着看电影，就悄悄向她身边凑了过去。

刘翠女看得正起劲时，忽然觉得手被人轻轻地勾了一下，以为是被拥挤的人不小心碰到了，仍然兴致勃勃地看着。突然，她的手被人抓住了，怎么甩都甩不开。回头一看，原来是云二召站在她身后，拉着她的手，不作声，等着她的态度。刘翠女一下子羞红了脸，挣扎着想把自己的手抽出来，但是又怕动静太大，被旁边的小伙伴发现，只能装傻，不动弹。她看到云二召的态度非常坚决，一言不发，不怒而威，感到有点害怕。于是，她只好跟着他走出人群，悄悄到了没人的地方。

云二召仍抓着她的手，说："我看上你了，如果你没意见，我就让我家人去你家提亲。"

刘翠女说："这么着急干什么，容我想一想。"

云二召说："怎么不着急，村里的年轻人这么多，下手晚了，我只能打光棍了。你快点想，想好了告诉我。"

云二召说完便松开了手。刘翠女又悄悄回到她原来的位置。云二召哪有心情看电影，只是远远地望着她。

刘翠女一家是从达赖哈达村移民到康堡的，一家人老实、淳朴、厚道。据说，刘氏家族的先祖36岁就守寡了，含辛茹苦带大三四个孩子，80多岁去世。后辈人感念老一辈人的贤德，在达赖哈达村口立了一块节孝碑。刘氏家族有贤良美德传世，刘翠女的为人也不会差。云二召家是康堡村的蒙古族老住户，父亲云元占是生产队队长，为人正直、老实厚道。云二召是村里的拖拉机手，心灵手巧、善良勤劳。

村里放电影，云二召勾回一个漂亮的大姑娘来。这消息在村里传开后，云二召迫不及待地回家向父母说了自己的想法。起初，家里的长辈并不愿意，但听说是刘翠女，他们都表示十分满意。

就在这时，刘翠女一家又迁回达赖哈达村了。巧的是，云二召和杨全用拖拉机开荒耕的第一块地就在这个村。为了赶进度，他们两班倒。杨全胆小怕"鬼"，就白天耕，云二召晚上耕。他们吃住都在村子里。云二召白天没事，就往刘翠女家跑，帮着挑水、扫院。刘翠女的父母也看上了云二召，觉得他聪明能干、善良正直，而且还是拖拉机手，在村里是条件相当好的，也不反对这门婚事。可是，刘翠女15岁时，家里给定过亲，要想重找对象，就得先退婚。

云二召说："退婚就退婚。要是不退，你嫁到哪里，我就追到哪里。"

刘翠女说："新中国都成立这么多年了，早就不兴包办婚姻了，还是退了哇。"

云二召的父母都很喜欢刘翠女。刘翠女家是达赖哈达村的大户人家。刘翠女长得光眉俊眼、身材苗条，正是庄户人心目中的好女人。他们对这门亲事举双手赞成。云元占夫妻请了男女两家都熟悉的、云二万的爱人做媒人，去刘家提亲。经过她从中撮合，成功地退了刘家先前定下的婚约，成全了云刘两家的婚事。

1979年的春天，云二召开上拖拉机，带着刘翠女去五良太公社，领了结婚证。

云二召兄弟姊妹六个，他排行老二，上有一个哥哥，下有两个妹妹、两个弟弟，家里还有奶奶、父母，全家共九口人，住在低矮的破旧土窑里。他家墙上最重要的位置挂着一个相框，里面装着家人最珍贵的照片。他们的日子过得贫穷而单调，在属于集体的土地上奔波劳作。

云二召和刘翠女是自由恋爱。他们的婚姻不讲究门当户对，也不讲究彩礼多少，只看中两个人心心相印，情投意合。这段珠联璧合的婚姻，传出一段佳话。

1979年11月30日，两个人举行婚礼那天，因为下雨有段路被冲垮了，拖拉机无法通过。云二召"重操旧业"，赶着大胶车去娶新娘。就在云二召家的土窑里，刘翠女穿一件大红棉袄和他成了亲。新婚之夜，云二召对刘翠女说，既然结为夫妻，组建起家庭，以后我们就是一家人。只要夫妻同心，家庭肯定会兴旺的。

农家妇女是农村里最辛苦的。刘翠女白天要到生产队里干农活挣工分，晚上收工回家后，还要为一大家子人煮饭，做家务活。

入夜，山梁和田野一样，一片漆黑。在物资匮乏的年代，电灯不曾走进偏僻乡村，家家户户照明用的是煤油灯。煤油灯，顾名思义就是用煤油做燃料的灯盏。它是由一个圆形的墨水瓶和一根灯芯组合而成。墨水瓶的腰间有一道铁箍，铁箍的末端像燕尾一样翘着，上有小眼儿，可挂在墙上。墨水瓶口有一圆铁片，中间有一小孔，孔外通一细铁管，灯芯从铁管里面钻出。刘翠女用火柴点着灯芯，在朦朦胧胧的光线下，箱柜的影子黑黢黢的，越发显得神秘。她坐在昏暗的光晕里纳着鞋底。云二召和云元占聊着村里的事情，他们的说话声在暗夜里传得很远。

云二召家里有三盏这样的煤油灯，一盏放在炕桌上，一盏挂在灶台前，一盏挂在房门口。煤油灯是明火，天长日久，墙壁和灶台挂灯的地方都被熏得发黑。只有在煤油灯烟熏火燎的光线下生活过的人们，才会明白如今的美好。

成家的第二年，云二召当上了村委会主任，同时也当上了爹。他整天在外面忙，顾不上家里的事情。刘翠女始终爱着这个脾气很大，但心很热的男人。这个男人曾在她那没有什么色彩的青春岁月里，给了她甜蜜的爱情。

庄户人总是非常容易满足的，农事顺利，家庭和美就是最大的幸福了。

第九章

"土专家"降服"沙魔"

清水河是山区，也是革命老区，这里的乡亲们特别能吃苦。用当地的土话说特别能"受"（苦）。乡亲们的骨头是硬的，泰山压下来也撑得住。云二万就是其中的杰出代表。

青豆沟历史上曾是森林茂密、水草丰美、野兽出没之地，也是土默特蒙古族的游牧之地，如今却是沙尘暴肆虐之地。青豆沟村是一个曾经饱受水土流失，风蚀沙化严重的村庄。干旱缺水，风沙、冰雹、霜冻等灾害是制约农牧业发展的主要因素。

对青豆沟人来说，风沙肆虐的景象是刻骨铭心的，也是难以抹去的记忆。风沙最大的时候，黄沙漫卷、遮天蔽日，走在对面却看不清人。风刮一宿，早晨，在屋子里睡觉的人被吵醒了，可窗户没有半点太阳光照进来。点上煤油灯一看，原来是门和窗户都被沙子堵死了。门推不开，人出不去，而且沙土能压倒院墙。在屋里端着碗吃饭，不一会儿就落下一层沙子。黄沙埋没农田，潜入衣柜，钻进被窝的事儿就更多了。那些黄沙似乎一年到头都清理不完。在路上一脚踩下去便陷进泥沙里，走路十分费劲。当地流传着这样一句话："一天进嘴二两土，白天不够夜里补。"

云二万说："一定要治理好风沙口，有效遏制土地沙化，使青豆沟村免遭黄沙危害。治沙的方法有两个，一个是植树造林，一个是灌溉治理。"

云二万，淤洪造田、治沙造林的"土专家"，是青豆沟最早的治沙造林的摸索者和践行者，也是青豆沟村建设与发展的功臣。

云二万，蒙古族，生于1917年，是土生土长的康堡村人。在他小的时候，目睹了国民党的恶行，青年时期，他又受到老一辈土默特共产党员的影响，多次掩护共产党伤员，帮助他们渡过难关。"文革"期间，云二万受尽磨难，但他对国家、对党的热爱和拥护始终没有改变，对集体的事情极其负责任。云二万、云二召，同为康堡村人，同为蒙古族。他俩从姓名上看像是兄弟，从年龄上看像是父子。其实论起亲戚关系来，云二召还得叫云二万一声"爷爷"呢。云二召一直把云二万尊为师傅，年轻时就开着拖拉机跟在云二万身边，打坝堰、淤洪澄地、治沙造林，一起摸爬滚打，跟这位"土专家"学到不少农田基础建设方面的技术。后来,云二召的一技之长,在乡村治理中发挥了作用,取得了有目共睹的成绩。

从1978年开始,清水河县成为"三北"防护林工程建设重点县。县里认真贯彻"国造国有、社造社有、队造队有,社员个人种植的零星树木归社员所有"的政策,对林业建设提出"乔灌结合,以灌为主,乔木进沟,灌木上梁,松树上山"的方针,并实施个人、集体、国家、实行企业四股力量一齐上的办法。清水河人响应政府号召,纷纷承包荒山荒沟,为修建绿色长城做贡献。

康堡一带俗称"马场",曾经水草丰美、风景优美,是给朝廷放养军马的地方。多少年来,由于过度放牧和开垦,土地沙化现象日益严重,被当地人称作"沙坝"。马场逐渐变成一匹脱缰的"狂马",发起脾气,滚滚沙丘便会吞没大片良田和牧场。青豆沟有人承包荒山,但素有"狂马"之称的风沙口——马场沙坝,却无人问津。

曾经令人谈虎色变的风沙口,是如何被降伏的呢?

年逾花甲的云二万知道,治沙是村里的头等大事,但这匹"狂马"让人望而生畏,驯服它不是一两年可以做到的事情。

他早有驯服这匹"狂马"的念头,就与云二召商量,说:"二召,黄沙害人不浅,我早想去治沙了,你看行不行?"

云二召血气方刚,看见云二万憋着一股劲儿,就说:"师傅,你想治沙,我可以开上拖拉机助您一臂之力!"

云二万说:"有你支持,就是搭上这把老骨头,我也要把这片沙丘治住，还我马场本来面目。"

说干就干！云二万承包了后滩一块300多亩的沙化荒地，准备植树造林。他说服老伴、儿女，抄起铁锹、镐头，奔向马场沙坝的风口，决心与这匹"狂马"一决高下。

在沙坝上种树谈何容易！云二万一家人齐上阵。他们埋杆植下杨树。没想到，一场沙尘暴过后，杨树苗几乎全被黄沙掩埋，没有多少存活的。

云二万急得吃不下饭，睡不着觉。苦思冥想后，他终于想出挖水平坑的办法，但这场战役不可能速战速决，必须做好打持久战的准备。夏天，他们头顶烈日，赤着臂膀，在沙滩上挖下一个又一个水平坑，打下一道又一道地埂；冬天，他们冒着刺骨的寒风，一镐一镐刨出一筐筐冻土，填进挖好的沙坑里。水平坑挖好了，树苗又成了问题。那时候，资金有限，树苗也有限，有时有钱也买不到树苗。他和云二召商量，想出将一棵一米多高的杨树苗砍成三节来种的方法，一棵顶三棵。

云二万按照"前挡后拉、四面包围、中间开花"的治理思路，先在沙丘的底部四周种上草，然后在沙丘上种柠条、种树。就这样，一个个流动的沙丘被固定住了，一点一点的绿色连成了片。

云二万每天钻在林子里劳作，育苗、挖坑、种树、背树苗，用一汪汪汗水换取沙漠里的绿色。看着一棵棵树，他饱经风霜的脸上常常会不经意地露出笑容。有一年，他栽种的杨树遭遇大面积枯死的劫难。当时，他在林子里徘徊数日，数次失声痛哭。擦干眼泪后，他忍痛砍倒病树，决定从头再来。他说："就种长寿树种、抗旱树种，我要搞一个百年防风固沙的精品工程。"

由于一年四季不停地劳作，云二万几次晕倒在沙地里。云二召看着心疼，就把他在县城工作的两个儿子叫回来。他们看到瘦弱的父亲，心疼极了，劝他搬到县城去住。他们想，只有离开这个地方，才能打消父亲植树造林、驯服"狂马"的念头。可是，云二万不仅不听劝阻，还把一辈子省吃俭用攒下的4000多元养老钱，全部用来购买树苗和打井。

云二召问云二万："师傅，你身体不好，不跟着儿子去城里享清福，你图个啥呀？"

云二万笑着说："图的就是让乡亲们骑上'狂马'奔小康啊！"

这个宏伟的梦想深深地印在云二召的心中，他想：有朝一日，我也要帮师傅实现这个梦想。

云二万发扬愚公精神治沙造林的事迹，感动了附近的村民和学校的师生们，大家纷纷投入植树造林的大军中来。春天，日暖冰消，在填好的沙坑旁，放着县林业局送来的漠北杂交杨树苗……

1982年，清水河县将48.5万亩宜林的荒山荒地划拨给农户种树种草，制定了多项优惠激励政策，如"谁造、谁有、谁受益"和允许继承、有偿转让，允许农民在林间兼种作物，收入归自己等，调动了群众造林的积极性,加快了全县林业发展的速度。

云二召在"土专家"的指导下,学会了许多淤洪澄地、治沙造林的土方法,为他后来成为村里的带头人,实现"改变家乡面貌,让乡亲们过上好日子"的梦想,奠定了坚实的基础。

经过10多年的改造,云二万在马场沙坝先后动土2万多立方米,投资5000多元,治理沙坝300多亩,栽活10万多棵树,打了600多道坝堰。这是云二万以一己之力完成的心血之作。

"狂马"终于被驯服,沙漠绿洲的神话变成有目共睹的人间奇迹。云二万多次被乡、县、盟评为"造林绿化先进个人"。1992年1月,由于在"三北"防护林体系二期工程建设中取得优异成绩,他被中华人民共和国林业部授予"先进工作者"称号,予以表彰奖励。

第十章

村子里的"万能匠"

云二召小的时候,家境一直不好,因此他没上几天学,就开始做农活了。他很勤快,决心在青豆沟村做一个出色的庄户人。他天资聪敏,什么东西一看就会,无师自通,久而久之,得到一个绰号——"万能匠"。

20世纪70年代末,拖拉机的出现,标志着农村开启了机械化农耕生产阶段。云二召有幸成为一名拖拉机手,后来,他和拖拉机都归了五良太乡农机站。一到春翻地和秋翻地的时节,这些农用拖拉机就会被派到各大队去支援翻地。当然,用拖拉机的大队都会支付一定的费用,每个大队也都愿意让拖拉机来耕地,因为拖拉机耕地的效率比牛马犁耕地要高出几十倍甚至上百倍。在村里,拖拉机成了香饽饽。

乡野长歌

农机站解散后，云二召便开着"铁牛55"拖拉机回到生产队。听说拖拉机回来了，村里的小孩子都会跑到大队部看热闹。孩子们跑着、跳着，唱着一首儿歌：

马达响，尘土扬，

拖拉机开到咱村庄。

老爷爷，不怕挤，

扶扶轮子摸摸犁。

日盼夜盼年年盼，

今天总算盼到了你……

那台红色的"铁牛"真让人高兴，因为这也是生产大队所有人的大好事。

春秋两季是拖拉机手最忙的时候，也是他们一年中最累的季节。因为开春要春翻地和耕种，秋后生产小队收完庄稼，要在上冻前尽可能多翻一些地，这样做对第二年春播大有好处。每到这两个季节，拖拉机手们基本上是昼夜不歇地耕地。云二召和杨全忙起来时会倒班。他们挣的是大队的工分，一年下来，他们的工分是最多的。

有一天晚上，云二召给一个生产小队秋翻旱地。工作到晚上11点左右，拖拉机突然熄火了。云二召拿起手电筒下车检查拖拉机。这时手电突然没电了,无奈他只好把拖拉机停在地里,摸黑回家。第二天天刚刚放亮,云二召就去地里修理拖拉机,一直修到中午。修好拖拉机后,他又继续翻地。这件事过后,云二召开始认真学习拖拉机故障排除的知识。那个年代的拖拉机毛病非常多,拖拉机上往往备着各种修车工具,一旦拖拉机坏了就自己动手修理。云二召常说,一名不会修理拖拉机的拖拉机手,不是一名合格的拖拉机手。冬天拖拉机打不着火,他就用火把烧油泵烧上老半天。如果电瓶电用完了,就只能用手把摇,有时摇不着,就用黄牛拉着拖拉机跑动起来后,突然间挂挡来发动。做拖拉机手,没有轻松的时候,除了辛苦和劳累,还有脏乱埋汰,然而云二召看着眼前那冒着白烟"突突"作响的拖拉机,感觉一切都是那样的美好。他的敬业精神和认真工作的态度,受到乡亲们的称赞。

拖拉机除了耕地,还能派上好多用场。村里人好面子,娶媳妇都会用拖拉机。他们把拖拉机擦得锃亮,再挂上大红绸子,风风光光地去接新娘,不光喜庆,还撑场面。农民去赶集、串亲戚、出远门、做生意等,如果路程远一点,基本都会选择坐拖拉机去。秋收农忙的时候,拖拉机把地里收割的玉米棒子拉回家,把秸秆装在车上拉出去卖,从早到晚闲不住。许多农村的地头有水,但因为没有电站,田地浇不上水,人们只好用拖拉机头搭上发电机,带动水泵抽水浇地。小麦、高粱、谷子等的秸秆收回来后,还要用碾子把里面的籽压出来。以前人们都是用牲口来拉动石碾子,有了拖拉机之后,只需要一个人开拖拉机，一个人往上面顶秸秆，很快就能把10多亩地的粮食加工完。拖拉机如果加上一个挖掘机的手臂，就能变成一台小型的挖掘机，开沟挖壕，绰绰有余。村子里喝不上自来水，需要人们将泉水运回家里，于是拖拉机就被改装成拉水车，给每家每户送水。电风扇在村里算奢侈品，人们会在拖拉机车斗上支个帐篷，夏天户外乘凉、睡觉都好使。不管"铁牛"有多少用处，在云二召看来，只有拉犁耕地，才能最大限度地实现它的价值。

每年12月，田里的活不多了，队里就把云二召分派到水库工地上干活。水库工地的活相当繁重，社员们挖土方、推车、担土，哪一项工作都把他们累得够呛。工程指挥部给提供柴油，云二召的拖拉机在这里也闲不下来。

工地上的活干完了，云二召就该去拉冬储煤了。一天，云二召和杨全一早就开上拖拉机出发了。去的时候，一路上都是云二召来驾驶，杨全舒服地坐在旁边，摇头晃脑地哼着歌，十分惬意。临近中午时，他们到了煤矿，装上一车煤。考虑到拉煤的路特别不好走，杨全驾龄长些，算云二召的师傅，便由杨全来驾驶拖拉机回村。走到枳几也村时，驶上一段上坡路，杨全因挡没挂上，拖拉机开始向后溜车，他们一下子慌了神。云二召急中生智，绕到拖拉机的大架上，把杨全推开，轰了两脚油，把挡挂上了。那时候的交通工具比较落后，安全控制技术不成熟，云二召凭着机敏的头脑和沉稳果断，避免了一次车毁人亡的事故。

云二召作为那个年代的拖拉机手，确实很有能耐。在乡村，能够被人称为"万能匠"的都是技术过硬的人，受人尊敬，人缘格外好。由于经常修机器，云二召的双手变得十分灵巧，什么活都会干。就拿村里碹窑来说，用一个成语来形容云二召，那叫独具匠心。他不仅用拖拉机帮助乡亲们拉回石料、沙子和水泥，还帮助他们设计并进行物料核算。在施工过程中，他又充当石匠、瓦匠和木匠。平时，小到修锁、修手表，大到修自行车、修缝纫机……只要请他出手，似乎什么困难都会迎刃而解。这些知识和门道，都是他日积月累练就的。

20世纪80年代，农村普遍实行了家庭联产承包责任制，土地全部承包到户，农民的生产方式从"大锅饭"到一家一户自主经营。云二召开着拖拉机奔向田地，耕耘着自家的小日子，也耕出了全村的富裕路……

第二篇　综合治理篇

> 奋斗是青春最亮丽的底色。"自信人生二百年，会当水击三千里。"民族复兴的使命要靠奋斗来实现，人生理想的风帆要靠奋斗来扬起。
>
> ——2019年4月30日习近平在纪念五四运动100周年大会上的讲话

农业自然资源不足，耕地沙化、退化、盐渍化，生态环境破坏严重，农作物品种退化，水土流失加剧，是清水河县青豆沟村落后的重要原因。生态平衡的恢复也许需要半个世纪甚至几个世纪，环境治理成为人们的当务之急。

实行家庭联产承包责任制后，云二召接替父亲云元占挑起村支书的重担，他和村"两委"有一个共同的梦想，就是改变家乡的落后面貌，让乡亲们过上好日子。

青豆沟小流域位于呼和浩特市清水河县东北部，属浑河流域，为黄河三级支流。总面积为26平方千米，水土流失面积为24.7平方千米。每年有大量的泥沙，通过古力半几河、浑河输入黄河。从那时起，青豆沟人就遵照自然规律，因地制宜，顺势而为，抓住"黄河小流域治理"的机遇，在"土专家"云二万和清水河县水利局的支持和帮助下，团结村民，心往一处想，劲往一处使，修筑拦截洪流的小堤坝，拦住泥土，淤成肥沃的台坝地，改造成基础性良田，出沟的洪水变成清流。在不断实践中，他们探索出"沟道拦洪蓄水，台坝地产粮增效，坡面植被保护"的青豆沟小流域治理模式，并得以推广。

随着淤洪澄地、治沙造林、农田集约化经营和粮食单产的提高，青豆沟人林草粮的种植结构和牲畜养殖不断向科学合理的方向发展。

青豆沟人近20年尊重规律、因地制宜，青豆沟发生了翻天覆地的变化，旧貌换新颜。

第一章

云二召的梦想

"我们国家有个'中国梦',把我们每个人自己的梦想汇聚起来,就是中国梦,我现在最大的梦想就是改变家乡的落后面貌,让乡亲们过上好日子。"云二召这样描述着自己的梦想,"有梦就会有坚持。我相信,靠着青豆沟村乡亲们勤劳的双手,依托这片质朴的土地,大家一起努力,一定能够建设出一个山清水秀、富裕文明的美丽乡村"。

云二召喜欢读书、看报纸,喜欢接受新生事物。这位蒙古族汉子骨子里有一种崇尚英雄的情结,他最崇拜的就是嘎达梅林。

嘎达梅林战死之地——乌力吉木仁河,如今已变成一条沙沟。河早已断流,四周是一片片沙化的农田和一座座沙包、沙坨子。由此,云二召想到了家乡青豆沟村。村子位于库布其沙漠的沙化延伸带。作为青豆沟村界河的古力半几河是黄河的二级河流，每年都会携带大量的泥沙，注入黄河的一级河流浑河。云二召在心中呼喊："一定要防止水土流失，保护好母亲河！"

虽然他只是一个小村子的支书，但他把老百姓的冷暖记挂在心头，一心办好事、办实事。

在一次大会战结束后，云二召随即召开了村委会，做了以下总结：一是将青豆沟村委会迁至康堡自然村；二是继续淤洪澄地造良田、植树造林治沙地。农村是以农田为本的，农民手中没有土地，增产增收就是一句空话。

村委会结束后，侯志敏说："你们聊吧，我得赶紧回家锄地去了。现在不是开会就是会战，尽是忙村里的事了，再不回去媳妇又该发脾气啦。"

云二召说："我们干的事，都是正事。你媳妇骂你，是不理解你的工作。"

侯志敏说："成天拖后腿，我拿她没办法。今天你们几个去我家吃饭，我照常去锄地，你们好好开导开导她。"

云二召说："这事就包在我们身上了，保证她以后再也不会拖你的后腿了。"

说完，几个人一起去了侯志敏家。侯志敏家有两间石窑，收回来的粮食没地方放，全堆在地上。大伙帮着他将装粮食的口袋往上堆了堆，然后才走到里面，上了土炕。

侯志敏对媳妇说："你招待他们吃饭，我因忙于村里的事耽误了锄地，我先去把地锄了。"

侯志敏说完扛上锄头下地了。

侯志敏的媳妇给他们炒了鸡蛋、土豆丝，烙了油烙饼。

云二召端起酒杯，说："今天，我们为大会战的结束庆祝一下。老侯不在，嫂子，你陪我们喝杯酒吧！"

侯志敏的媳妇说："我不会喝酒，闹不明白这酒有啥好喝的！志敏喝开酒，劝也劝不住。"

杨全不紧不慢地端起酒杯，说："今天，你敞开喝，咱们说说心里话。来，咱们共同干一杯！"

侯志敏的媳妇架不住众人劝，一杯酒下肚，说："这么难喝的东西，你们成天喝，究竟是为甚了？"

云二召说："我们一起喝酒、做事，都是为了实现杨全以前说过的梦想。"

侯志敏的媳妇说："一个农村人，还能有啥梦想呢？"

杨全端起洒杯说："来，嫂子，你把这杯酒干了，我告诉你我的梦想是啥。"

她比喝第一杯时干脆多了，端起杯来就喝。

杨全说："我在想，如果能有那么一天，牛羊满坡，想吃羊肉就吃，鱼塘里的鱼，活蹦乱跳的，我们想吃哪条就捞哪条……"

云二召说："你听听，这就是咱农村人的梦想。我的梦想是让大家过上好日子，他的梦想是过上怎样的好日子，我们的梦想是一致的。我们只要向着这个方向努力，就没有办不成的事情。"

杨全说："这只是我们的一个梦想，现在还只能吃山药芥芥、炒鸡蛋。来，为了我们的梦想早日实现，再干一杯！"

侯志敏的媳妇被左一杯右一杯地劝着，一会儿就喝多了。

云二召、杨全等人看她喝得差不多了，吃完饭，各自回家去了。

那天，云二召、杨全他们给侯志敏的媳妇说了好多他们工作中的不易，更让她了解了他们工作的意义。从那以后，侯志敏再干村里的工作，媳妇都不管了。

为了实现这个梦想，云二召既当指挥员，又当战斗员，还是无所不能的"万能匠"。在他和村"两委"的共同努力下，青豆沟村迎来了改革开放的春天。

第二章

农业科技推广员

纵然岁月千秋载，一捧黄土万人心。自古以来，中国人就对土地有着特殊的情感和无限的依恋。无论处于什么时代，土地都是人民生存的基础。

杨全，1949年生，是共和国的同龄人。他的祖爷爷是从山西忻州"走西口"来到杨家窑新窑村落脚的。祖爷爷有三个儿子，杨全的爷爷排行第二。他爷爷成家之后，来青豆沟村的庙湾（今碾房沟村）安家落户。

杨全初中毕业。18岁，开始在青豆沟生产大队当会计；23岁，去白旗窑电站工作，负责每晚供应三个小时的电，以满足附近三个村子的照明需要；26岁，参加农机培训，学习驾驶技术，拿到驾驶证。村里有了第一台拖拉机，他就和云二召一起开拖拉机。

1979年，杨全从黑蛇沟大队承包了一台拖拉机，想去山西搞运输，但又觉得形单影只，就动员厂汉沟、三十一号村、喇嘛庙、五良太乡的四名司机，各自承包一台拖拉机，组成一个小型车队。他们是改革开放后，第一批从清水河走出去的农民工。在山西，他们搞运输每人每天能挣50元，靠省吃俭用、日积月累，手里有了余钱。

两年后，杨全用挣到的钱又包了一台拖拉机，想挣更多的钱。结果，事与愿违，在拉运石头的过程中，出了事故，挣的钱全部赔进去了。想到两年的辛苦白付出了，汗水白流了，他感觉前途渺茫，只能回村种地去了。

1989年，杨全再次成为青豆沟村的会计，还兼农业科技推广员。他深深认识到，只有提高全体农民的素质，学会科学种田，提高劳动生产率，才能发展农业。

那个年代，村民们日夜为没有科学技术而发愁，而技术推广员却无所作为。试验的只管试验，示范的只管示范，推广工作就不知由谁去做了。技术人员只有"一双空手，两条长腿"，除了吃饭，得到的支持少之又少。那些"零点耕作""生物耕作""生态生物工厂""生态农业区"等，许多人闻所未闻。有人推算，别的不说，要在全国初步实现农业机械化，光配套设施就需要一万多亿元，这在短期内是绝对办不到的。杨全想，现今首要的不是机械化，而是技术人员的培养和使用，之后才是栽培技术的发展。

20世纪70年代,青豆沟村流行一句话:"掏个坡坡,吃个窝窝。"这句话形象地说明黄土高原丘陵沟壑区,土地贫瘠、水源缺乏、粮食产量低的现状。一直以来,这里的村民都是靠天吃饭,通过种植莜麦、黍子、糜子、土豆等耐旱作物来勉强维持生计。云元占做生产队队长时,带领大家在下水地种了80亩黍子,打了1600斤,每亩才产20斤。后来,全国推广"锹铲小麦"大获丰收,人工劳动投入量大,每亩能产400多斤。

种了两年后,国家推广套种"锹铲小麦"和玉米。小麦亩产400~500斤,玉米亩产1400~1500斤。清水河县以推广站做试点试验成功后,全面推广这种套种方式。套种比较费工夫,但收成比较好。青豆沟生产大队以小队为单位,通过"自流灌溉"的方法,浇灌上水的土地,都实行了套种。自流灌溉,就是借助于水的重力,从水源取水,并向农田输水和灌水的灌溉方式。如果从河道取水灌溉,河道水位偏低,且允许筑坝壅高水位,以满足灌溉引水之事,亦可采用这种灌溉方式。这种灌溉成本较低,经济效益较大。后来,人们种改良后的品种"二歪脖"高粱,每亩能产1300斤。

杨全家门前有条沟,沟里有一股泉水,他效仿村里淤地坝的做法,打了一道小坝,建了个闸门,用自流灌溉的方式,经营着果园。为了积累套种经验、推广新品种,他在自己承包的果林地里做套种试验,种麦子、玉米、豆类和西瓜,收成不错。套种的小麦每亩能产300

多斤。他种的大海红果树，一棵树能产1吨果。他将果子卖给果丹皮厂，做生产果丹皮的原料。

1992年，五良太乡的张忠良和张军来青豆沟村推广地膜玉米种植技术。村民们嫌人工铺地膜麻烦，大部分农户仍选择露天种植。云二召拿出自家的3亩地试种地膜玉米，和杨全一起摸索经验。铺地膜最大的好处是保温、保墒和保肥。如果在栽培玉米时，盖上一层地膜，可以充分利用太阳辐射提高地温，以此保证玉米的正常生长，并提高产量。正当两人为人工铺地膜发愁时，村里来了一位农业大学的学生，推广覆膜机。

在大学生的指导下，他们鼓弄了几天也没把膜铺好。后来，云二召通过自己琢磨，让白二朴在前面开拖拉机，拖拉机后带上15马力的覆膜机，反复操作试验，最终点种覆膜成功。

种子种进了地里，全村人都拭目以待，期盼着丰收。

传统的玉米种植方法，因出苗不全，每亩只能产300~500斤，通过覆膜种植的玉米，颗粒饱满，每亩能产1300~1500斤。

当时，村民们还没有多少经济观念，只在自己的一两亩地上试种，没想过种玉米赚钱。他们像种糜黍一样，拿自家种的玉米做种子，产量不高。

到了第三年，村民们按照云二召和杨全摸索出来的经验，买了种子，覆上地膜，迎来了一个丰收年。再后来，村里大面积播种玉米，家家户户收获颇丰。

可以说，地膜玉米种植技术的推广，拉开了青豆沟村农业发展的序幕。地膜玉米技术，让玉米生产在青豆沟这片被视为"禁区"的土地上，逐渐摆上农业之正席，成为全村发展种植业的重要举措。

第三章

再战万亩滩

无论是担任村委会主任还是担任村党支部书记,云二召都会亲自指挥每一年的春秋季大会战。他带领村民们通过水力冲填、淤洪澄地、改河造田等方法,将村里的沟沟壑壑填平,为村里增加良田,造福于民。在热火朝天的工地上,他身兼数职,既是指挥员、技术员,又是驾驶员、修理工,再苦再累,也要将"万能匠"的作用发挥到极致。

1960年云二召出生的时候,正是林县的红旗渠动工开凿最困难的时期。云元占经常给他讲红旗渠的故事。据《林县志》记载,从明正统元年(1436年)到1949年,大旱绝收31余次,"河干井涸,颗粒无收"。1949年林县有耕地98.5万亩,其中水浇地只有1.24万亩。为了灌溉农田，他们将漳河水从山西引到河南林县，之后又修建了通往农田的水利灌溉系统。从此，"十年九旱"一说才逐渐消失。即使终年不下雨，那引来的源源不绝的红旗渠水，也能通过灌溉系统滋养土地和庄稼。他们怎么有能力"劈开太行山，引来漳河水"呢？这是云二召听完这个故事后，想得最多的问题。

以前，青豆沟村荒滩多、耕地少且地势低洼，康堡的前河和后滩一到春天就是白花花的一层碱，周边村庄的女人们赶上毛驴车，拿上扫帚和口袋去扫碱。有的滩地上长着枳芨林和红柳，还有的滩地上长着一大片芦苇，下面是寸草滩。村里有个叫张三的，赶着毛驴从那里经过，驴被陷住了，村民们跑来帮忙，费了九牛二虎之力才把驴拉出来。就在这个寸草滩的北面有一些耕地，那还是白旗窑水库修好后，响应党的号召大搞农田基本建设，水力冲填、淤洪澄地、改河造田造出来的。难能可贵的是，他们不只造出梦一般的家园，而且用30多年的艰苦奋斗，亲身体验到集体改天换地的力量。何谓改天？从此不再靠天吃饭，就是改了天。正是这种渗透于灵魂、流淌于血液中的观念和精神，成为青豆沟村坚持不变的真正的财富。吃饱穿暖，追求更美好的生活，是村民们夜以继日艰苦劳作的动力和源泉。他们的脑子里只有一个字——"干"。

万亩滩，经过1974年的大会战造出来的良田，在20年后，由于地下水位下降、矿化度增加、气候干旱蒸发量大，导致深层土壤盐分向表土迁移，出现表土盐化或碱化程度加重的现象，还出现了盐碱化，不利于农作物的生长，甚至有的地方寸草不生。青豆沟村召开村"两委"会议，决定举全村之力，对万亩滩上的盐碱地进行治理。云二召说："有了耕地，才有粮食。我们就是要和盐碱滩'抢'出耕地来，不获全胜绝不收兵。"

盐碱地是各类盐碱性土地的总称，指土地受到不同盐碱化程度的土壤。因为土壤中含有大量盐碱成分，所以植物生长受到抑制，甚至无法生长。盐碱地是我国重要的后备耕地资源。盐碱地的改良和利用，对弥补耕地面积缺少、保障国家粮食安全具有重要意义。

与盐碱滩"抢地"可不是一件容易的事情。

云二召一声令下，青豆沟村的200多名村民聚集在万亩滩上，一场打围堰治理盐碱地的大会战拉开序幕。

会战现场，红旗招展，尘土飞扬，人声鼎沸。上至六七十岁的老人，下到放假回家的中小学生，都自觉地投入改土造田的劳动中。就连刚过门的新媳妇，也是门前一把锁。人们都自觉加入改土造田的队伍中。村民们各司其职，干着自己应该干的事情。万亩滩上一片热闹非凡的景象。

他们采用水利改良法，基于"盐随水来随水去"的基本原则，采用井、沟、渠结合的水利措施，对盐碱地进行改良。通过灌溉冲洗等方式，持续除去土壤中的盐分，使盐碱地变成良田。

云二召驾驶着拖拉机，在工地上铲土打堰。村民们凭借扁担、锄头、铁锤和铁锹等最基本的劳动工具，从山上抬石头，从沟里淘沙土，再由专门的老师傅负责砌坝。

他们先将500多亩盐碱地，按50亩地一块，分割成10块，各打起5尺高、8尺宽的俗称"五八圪塄"的围堰。再按照杨九龄和云二万做的方案淤洪澄地，即先将洪水放进去，把沙石澄清覆盖在盐碱地上，再将澄清后的水放进古力半几河。通过这种比较经济适用的治理方法，500多亩盐碱地终于成了良田。

会战结束后，这些良田被分配给大库伦村30多户170多口人，种上了小杂粮作物。

有一年秋冬之际，魏最来开着推土机与云二召搭档干活。黄沙漫漫，天气寒冷。有一天，抽水机上的柴油机坏了，云二召动手修理。他怕黄沙落到拆开的机器零件上，就脱下皮袄将机器包住，自己挨冻。经过连续五个月的奋战，他们顺利完成筑淤地坝的任务，填土造出良田140多亩，分配给了村民们。

后来，他们在坝湾一带运用水力冲填的方式将水沟用淤泥填平，两年多就淤出180多亩地。他们还用老式推土机平整土地，为光秃秃的荒山绿化，实实在在做着一番事业，带领村民发家致富。

青豆沟人的苦干，在方圆几十里出了名。村里的土筐一批又一批地补，扁担一捆又一捆地换，人们赤脚上阵干活。那些年，青豆沟人的衣服最容易破的地方是肩胛，所以补了又补，重重叠叠好几层。这就苦了村里的女人们，她们白天田里的活照样做，回到家后还要照顾一家老小吃饭、洗洗补补。长年累月的风吹日晒雨淋，给青豆沟人留下了特殊的印记。倘若青豆沟人去县城赶集，总能被一眼认出来。这是因为青豆沟人的脸都比较黑，肩膀大多是一边高一边低。

那些年，青豆沟村组织村民义务劳动最多，搞水利农田、淤洪澄地、扩建有效灌溉面积……这不是一两年能完成的。在云二召的带领下，村民们男男女女、老老少少，都自觉投入每场改土造田的战役中。虽然他们只是在自己的土地上劳动，但又何尝不是一次壮丽的远征！

第二篇 综合治理篇

第四章

苗圃，绿色的希望

1968年12月，1144名知识青年从上海、天津、包头、呼和浩特、集宁等地陆续来到清水河县12个公社插队落户。清水河县农牧渔业局在万亩滩建起一个知青农场，有40多名知青参与万亩滩建设。刘老婆窑的水库养鱼场也属于知青农场。

1985年，知青全部返城后，国家林业部开始投资建设沙棘种植园，也叫苗圃，距离康堡村只有2千米。院内有一排土坯房作为职工宿舍，每个房间都盘着火炕，还有 间伙房。再加上几名职工，几把铁锹和镐头，这就是苗圃的全部家当。

苗圃就建在万亩滩上，这里过去是马场，属敞壕凹地，与白二爷沙坝交界，距蓝旗沙坝15千米。20世纪70年代初，云二万参与了万亩滩农田水利建设的规划和治理工作。当时没有机械设备，只能用手推车、箩筐来干活。直到改革开放后，工地上才有了推土机，但进度还是比较缓慢。无钱造柠条林，县里拨了一两万元。白旗窑石庄子村的水保队就是万亩滩治理的技术部门，万亩滩季节性洪水治理是他们的工作范围。

治理好的土地都归集体所有，每户分给几分饲料地。养猪要交任务猪，毛重60斤的猪就能完成任务。交任务粮要按人口、面积层层上缴，每个乡都有粮站，上交公粮后，剩下的按人口和工分分配。粮食如果不够吃，国家会给返销粮。

1977年8月，清水河县林业站在五良太的白旗窑村成功引种白柠条。1983年7月5日，清水河县开始了为期25天的雨季20万亩柠条造林工程。

苗圃原先只有300多亩，且地势高低不平，云二召开着拖拉机帮着平地、压井、育苗。

1989年，二期工程还没有建设，土地一直闲置着，能种的土地不足30亩。于是，县林业局就请示县政府，将没有改良过来的土地用于开展苗圃基地建设。4月中旬，开始设计打坝。县林业局王悦副局长把四名大学生送到沙棘园，交给了云二召，其中就有北京林业大学毕业的薛建华。

1988年，薛建华从北京林业大学水土保持专业毕业后，被分配到县林业局工作，随后到盆底青乡参加了造林大会战。1989年春，他在窑沟乡参加完全县的造林大会战后，刚回到县林业局，王副局长就带着四名大学生来到沙棘园，为造林站基地建设搞规划设计。除了薛建华，另外那三名大学生学的是林业，只会测量和计算，不会做设计图。

王副局长问："建华，你能画设计图吗？"

薛建华说："书本上学过，我可以试试看。"

薛建华用一周时间将设计蓝图以及土方量、石方量、流水比率和填挖量全部计算出来，完成了设计。

王副局长看后，说："设计得不错，跟水利局设计的蓝图一模一样。你能不能再做一份申请报告，向政府申请资金。"

薛建华同意了。

有一天，王副局长带着薛建华一起去县财政局要资金。中午，王副局长请他吃了一碗炖羊肉、一大勺子素糕和一盘咸菜。那时，羊肉是奢侈品，薛建华吃得分外香。下午，他们来到财政局，接待他们的是农财科的田景伍科长。他接过薛建华递交上来的申请报告和图纸资料，看过之后说："王副局长，你的这个套路我很熟悉，你这是想套钱呢。"

王副局长说："田科长，你想错了。你看这个后生，是北京林业大学的毕业生，全清水河乃至呼和浩特地区，仅此一人。你有什么不明白的可以问他。"

田科长提出三个问题："你设计的经费是2.9万元，水利方面的专业人员设计出来的都是整数，你却算到了元。你给我讲讲这400亩地弄好后，能不能成为育苗基地。这个规划由林业局实施还是乡里实施？这个工程做完后，谁来监督你？"

田科长是科班出身，问题问得很在行。

薛建华说："第一，这是测量出来的，通过计算就需要这么多钱；第二，我来干；第三，财政监督。"

田科长听完后对王副局长说："就让这个后生来干，钱我来想办法解决。"

一个好汉三个帮。对薛建华帮助最多的人就是云二召。他开着那台拖拉机筑堰打坝，不计报酬。有时半夜防洪，有时拉运树苗，有时安装水泵，有时修理机器……没有他不会的。薛建华还雇了许多农民工，先记账，年底结算。

他们按照规划打坝堰，放进洪水，淤洪澄地，淤出400多亩地，准备做苗圃的育苗基地。

地淤好后，为了变成水浇地，还需要打井，配套相关水利设施，然而资金又成了问题。

云二召想起县水利局曾在这里打过两眼井。一眼是20世纪70年代打的，因为没有人用，小孩玩耍时，扔进大石头，井口被堵住，井废了；另一眼是20世纪80年代打的，因为没有钱配套设备，就盖上水泥板用土埋了。云二召和薛建华找了三天，终于找到了这两眼井，决定抢救利用。他们找到清水河县水利局副局长郝连说明情况后，郝副局长请示局长蕾罡后，请技术人员郭玉贵带上空压机到苗圃实施抢救工作。经过一周的紧张抢修后，试验出水量不足5吨/小时，无法满足苗圃灌溉的需求。随后，他们又去找郝副局长，申请新打一眼机电井。郝副局长马上在局务会上做了汇报，很快下了打井指标。

在为期一个月的打井工作中，云二召不分昼夜，忙前忙后。到了关键时期，钻机打到岩石层上，打不下去了，打井队要求撤离。怎么办？

云二召给薛建华鼓劲说："再坚持一下，打破了岩石层，就有好水出来了。"

知道情况后，局长蕾罡对现场的技术人员发出指令："一定要打出一眼岩壁井，交付苗圃安全有效生产。"

井打好了，需要配套井管，去哪儿买呢？

云二召说："建华，我知道哪儿有卖的，我带你去买。"

云二召开上拖拉机，带着薛建华一起去买管。一路上全是沙石土路，他们走到大红城遇上下雨天，走不了了。于是，就在一间小旅馆住了一晚。

第二天，他们找到了买管的地方。为了保证工程质量，云二召专心致志地一根一根地挑选。这时，一辆东风车驶了过来。司机没看清楚，将车轮胎压在一根铸铁管上，管子弹起来，打在云二召的小腿上。云二召并没有责怪那位司机，反而咬着牙、忍着痛挑完管，开上车将管拉回基地。回来后，他瘸着一条腿，帮着卸车。回到家后，云二召就下不了地了，在炕上躺了半个多月之后，才能下地走路。

薛建华来看望他，见他小腿上紫了一大截，劝他好好在家养伤。

云二召知道薛建华他们只有中秋节能吃一顿肉，平时连猪油都吃不上，就对薛建华说："你是一名大学生，来到这里，成天没吃没喝的。古时候打仗还得粮草先行呢。你先从我这儿拿上点面和油，解决一下吃饭问题吧。"

薛建华说："我还不知道，能不能还你呢。"

云二召说："先拿上吃，还不还的，没有关系。"

云二召给他拿了五袋白面、一罐猪油、一袋土豆和一些荞面、莜面，帮助他们渡过难关。

临近年关，工程全部完工。

薛建华和云二召找到王副局长，让王副局长带他们找田科长落实工程款。

田科长说："今年没有钱，财政紧张。"

王副局长一听很生气，拍案而起，说："工程干完了不给钱，我就让农民工去你家过年。"

田科长说："怎么能去我家过年呢？"

云二召说："农民工眼巴巴地盼着这些钱过年呢。孩子们的压岁钱、学费都得凑，不能让他们失望啊！"

田科长体谅农民工的苦衷，想方设法落实了工程款。

云二召说:"薛建华,喇嘛湾人,有经济意识和超前意识,是个干事业的好后生。"

第二年春,他们在淤出的400多亩土地上种了杨树、松树、柳树、槐树苗,用于清水河县的植树造林。

薛建华在苗圃工作了10年,生活十分艰苦。在这个人生地不熟的地方,幸亏有云二召一家人的照顾。没有饭吃的时候,他就去云二召家蹭饭。那时候,云二召家的生活并不富裕,云二召家孩子多,只能勉强填饱肚子,但他们全家人对人诚实、热情、大方,给予薛建华很大帮助。

后来,在云二召的帮助下,苗圃里养了300只阿尔巴斯绒山羊,羊粪用于种树苗,实现了一体化。这些羊粪养肥了这片土地。如今,这里是清水河县中清公司的阳光玫瑰葡萄基地,正在打造清水河县农业发展领域新的引领项目。

一排排大棚,在阳光的照射下闪着银光。大棚里的葡萄正在成长,绿宝石般的葡萄挂满枝头,煞是好看,呈现着欣欣向荣的景象。

第五章

黄金搭档

　　清水河县水利局局长魏华和"土专家"云二万，同为青豆沟人，都很热爱家乡，愿意为家乡做贡献。可以说，他们都是为云二召实现梦想的助力人。在他们的帮助下，云二召的强村富民梦得以实现，把家乡这方水土建成了美丽家园。他们所付出的心血和洒下的汗水在青豆沟这片大地上开花结果，有目共睹。

　　清水河县是雨养农作县，大部分地方缺水，靠天吃饭，青豆沟村也不例外。

　　魏华是从青豆沟村走出去的人。1974年，他被推荐上了内蒙古水利学校。毕业后，他被分配到清水河县水利局工作。他能吃苦，有事业心，工作认真负责，干事雷厉风行。他和云二召很对脾气，为村里的农田水利设施建设做了很多工作。因此，村民们一提起他俩就称赞他们是"黄金搭档"。

魏华走出这个村子的时候，乡亲们都很穷。穿的是补丁摞补丁的衣服，稍微有点钱的人，就买城里人退下来的旧衣服穿。吃的是莜面、糕、小米饭，羊肉一年吃一次。因为没有冷藏设备，过年宰了猪，将猪肉撒上盐腌在坛子里，能吃一年。这里人口多，粮食不够吃。包产到户以后，粮食多了，产量也稳定了，但是人们在加工粮食时还是舍不得去皮，基本都是带皮吃。住的是土窑，窑里黑得白天还要点灯。村里植被少，一下雨就发洪水，沟沟坎坎都是水，雨天无法出门。这里交通不便，最好的交通工具是毛驴车、小四轮车和大拖拉机，去一趟县城来回要十几个小时。

云二召和魏华有一个共同的心愿——改变家乡的面貌，让父老乡亲过上好日子！为此，两个人一起出方案，向县水利局申请批复项目，再由云二召在村里实施。云二召干一项成一项，使青豆村的生活环境发生了根本的改变。

1994年至2004年，清水河县水利局在青豆沟村建起大大小小10个坝堰。每个项目都是由村委会提出计划，由云二召到水利局申请审批的。其中1994年、1996年和1997年的三个工程项目，均由杨海元负责实施。

杨海元于1952年入党，曾担任过青豆沟村党支部书记，后来担任五良太乡机械厂厂长，1993年退休后，还继续为家乡做贡献。

1994年，在坝湾建洪水坝（水力冲填坝）造良田，春天开工，秋天完成。

当时的条件比较艰苦，资金短缺，给国库券顶工钱。工地上，只有一台推土机，全凭雇民工来推土、套土、打围堰等，石工、伙房做饭的加起来有50多人。他们雇车从山上拉下石头，再雇上石工垒过水涵洞，每个坝高40多米。不管吃喝，每人每天的工钱是17元。民工们每到下雨天都会尽全力保护坝体，不让水泥湿了。雨季来临时，民工们修坝，防止坝体被冲毁。他们没有雨具，身上披着麻袋，经过苦干，澄出100多亩良田。

1996年、1997年，资金紧张的情况有所好转，县水利局又在棒槌沟和蒜地沟连续建起两个清水坝，用于农田灌溉，每个坝堰160多米，可用于连接交通。洪水坝和清水坝的坡底和坡壁不同，洪水坝比较陡。在两个项目中，云二召负责土地协调、化解矛盾和监督工作。

1996年雨季，青豆沟村下起了连阴雨，一下就是半个多月，真是阴雨绵绵。

云二召是个闲不住的人，只要有时间就去村里转一转。这天，他想起县水利局刚刚在棒槌沟打起的坝堰，就急忙赶过去看。

云二召远远看见，因为水位上涨，坝堰出现了险情，半个坝堰即将坍塌，泥石流流出去了二里多长。他马上给魏华打电话告急。

魏华说："二召，你要不惜一切代价，保住坝堰，我马上赶过去。"

当时，清水河县城关镇正在赶交流会，村里的人都去看热闹了，一时间找不到人，云二召只好想办法找推土机。

五良太乡的岳喜才听到云二召的召唤，开着推土机赶过来，投入抢险战斗。当时天很黑，又下着雨，岳喜才开着推土机从坝堰底向上推土。这是一台崭新的70马力的"东方红"履带式推土机，干起活来得心应手。

云二召清楚抢险任务的艰巨，因为这个坝堰承担着两个任务，既是用于防洪和农田灌溉，又连接着两岸道路，对青豆沟村来说十分重要。坝堰如果坍塌，古力半几河下游沿岸的村庄都会遭受洪水的洗劫，小河滩上的几千亩良田也会被冲毁。

云二召想方设法调来6台推土机。他看着推土机有序地工作着，就又去组织人搭抢险帐篷。

在抢险过程中，云二召既是指挥员，又是战斗员。一切准备工作就绪后，他将岳喜才替换下来，让他休息，自己则开起推土机，继续抢险。

天刚蒙蒙亮，魏华赶到了现场。好险呀！坝堰那边的水已涨到比这边的推土机高出十几米了，坝堰随时都有坍塌的危险。可是6名推土机手毫不退缩，奋战在抢险第一线。

他们吃住在现场，两个人开一台推土机，24小时连轴转。经过9天9夜的奋战，终于将坍塌了一半的坝堰重新加固，确保了下游村民的生命和财产安全。

以前，村里有一大片荒地，被称为大坪，再加上道路，共有2800多亩。经过平整改造，1998年，县水利局以这里为基地种植牧草。很多年过去，这一大片土地转手七八家，都没有获得多少效益，再次变回荒地，连草都种不活。云二召看着自己带领村民淤洪澄地改造出来的土地再次被荒废，心疼不已。他下决心一定要将这片荒地变回良田。有人劝他："从2010年开始，这片地就开始退化了，七八个承包商都没干成走人啦，你把钱扔到沙坑里，连个响声都不会有的。"他把别人的劝告当成耳旁风，心想：我云二召想干的事情，就没有干不成！他找林业局的薛建华做担保，从信用社贷款500万元投入农田改造中。云文龙知道后，拿出27万元，帮助父亲实现梦想。云二召在农田基本改造完成后，打了农灌井，铺设了管道，硬是将2000多亩地变成上水地，实现了机械化。头一年，他用大型机械播种土豆，大获成功。第二年，种植甜玉米，又获得大丰收。这是落实家庭联产承包责任制后，呼和浩特地区首例个人贷款改造退化草场最成功的案例。

1992年至1993年，在碾房沟、后沟两个自然村组织淤地，淤出400亩高产田。1995年，在前窑村改良出土地80亩。1996年，在大库伦平整土地800多亩，并于2001年配套了灌溉设备。这些都是云二召和魏华在改造土地方面做的工作。这些改造好的土地都承包到户，大家普遍受益。

2006年以前，青豆沟村与村之间没有路，都是靠人踩出来的沙土路。去县里的路上，也全是红泥路。青豆沟村现在的路都是云二召和魏华协作修建的。

原来村里吃的是水井里的水，由于水位下降，人们吃不上水了。云二召向县水利局反映，要求解决饮水问题。魏华同意在这里打机井、建水塔、铺管道，家家户户都吃上了自来水。有了水，大家可以在院子里种菜了。

有人说，翻开中国五千年历史，核心只有两个字——土地。作为有着数千年农耕文明的国度，对于土地的依恋和热爱，是中国人挥之不去的梦想。经过青豆沟几代人的努力，淤洪澄地，改造出1.6万多亩良田。

改土造田的成功，是青豆沟发展史上最壮丽的诗篇，是青豆沟人创造的第一个奇迹。

第六章

小流域治出青山绿水

如果说河流是一道风景,那么小流域治理就是成片的风景。"山青、地绿、村美"景致的呈现,勾勒出青豆沟44平方千米的生态底色,这得益于青豆沟的小流域治理。

青豆沟小流域,属黄土高原丘陵沟壑区的沙地和丘陵过渡地带,总流域面积为26平方千米,其中水土流失总面积为25.2平方千米,水土流失面积占该流域总面积的97%。治理前流域内耕地面积为4470亩,人均耕地为7.5亩,均为跑水跑肥跑土的坡梁旱地。长期以来,经受降雨侵蚀、沟道冲刷,水土流失严重,生态环境十分脆弱,倒山种地,广种薄收,农业生产水平低下,群众生活极为贫困。

从20世纪80年代开始,青豆沟人通过万亩滩大会战、春秋季大会战等形式，开展水土流失治理，收效甚微。进入20世纪90年代，青豆沟人抓住"黄委"在黄河流域开展小流域水土保持综合治理试点工作的契机，在清水河县水利局的大力支持下，根据水土流失规律和当地实际情况，制订科学的水土保持规划，直接参与治理黄河流域水土流失的工程项目建设，积极探索青豆沟小流域治理模式，形成水土流失综合防治体系，取得惊人的效果和骄人的成绩。

1994年至2004年，青豆沟人将水土流失治理理念由"战天斗地"转变为"充分依靠自然修复"，以小流域为单元，实行山水田林路综合治理。他们利用沟道内水源条件较好、土地相对平缓开阔、土层较厚的有利条件，因地制宜，因害设防，分类施策，扬长避短，从治沟打坝入手，逐级开发台坝地。他们还运用水资源，增加植被覆盖率，逐步形成"沟道拦泥蓄水，台坝地产粮增效，坡面植被防护"的治理模式。同时，以户承包治理小流域，充分调动了村民的积极性，有效治理了水土流失，改善了农业生产条件。青豆沟小流域治理模式主要包括坝系建设、台坝地开发、水源利用及坡面建设等环节。

坝系建设。本着统筹规划、分步实施的原则，根据水土流失规律，先下后上（先下游、后上游，先坡面、后沟道，先支沟、后干沟），分期实施。上游骨干坝的功能主要是控制洪水，调节径流，保护下游的台地和坝地。下游骨干坝的功能有两种：一种是拦蓄泥沙，淤成坝地，种植利用；另一种是开设排洪渠，提供灌溉用水。青豆沟人将淤地坝作为行之有效的水土流失保持措施来实施，既能拦截泥沙、保持水土，又能淤地造田，促进粮食增产。

治沟造地是集坝系建设、旧坝修复、盐碱地改造、荒沟闲置土地开发利用和生态建设于一体的一种沟道治理新模式，通过闸沟造地、打坝修渠、垫沟覆土等措施，实现小流域坝系工程提前利用受益，是增良田、保水土、惠民生的系统生态工程。

台坝地开发。注重坡面与沟道治理相结合，由沟道到坡面逐级建设。一级为坝地，田面平整，土壤肥沃。二、三级台地由沟岸两侧或坝下的缓坡地平整而成。采取人机结合的方式施工，大弯取直，小弯就势，田面宽度为25~40米，长度为60~80米；同时配套灌溉管道、农田防护林、田间道路、排水系统，达到方田林网化、田面平整化、种植区域化和管理科学化，充分发挥台地水肥优势，达到高产高效的目的。

水源利用。青豆沟小流域在水源建设上采取了供水、地表水、地下水源综合运用的方法，使流域内有限的资源充分发挥效益。一是用好沟道内泉水，建设塘坝，冬储春用，配套滚水坝，抬高水位，采用一塘一坝模式，自流或提水灌溉台地。二是利用骨干坝蓄水，自流或提水灌溉。三是对地势较高，无地表水区域，采用打机电井的方式发展灌溉。推行管灌、喷灌、渠道衬砌节水措施，努力提高水资源利用率，扩大浇灌面积。

坡面建设。随着台地的开发利用，坡地逐步退耕还林还草，采取荒山造林、封禁治理，恢复植被，进行坡面防护。林草布局上，陡坡地挖水平沟、鱼鳞坑整地工程，栽植柠条、沙棘、山杏、油松混交林；缓坡地种植紫花苜蓿、沙打旺、羊柴等优良牧草；小沟、小岔建设土谷坊，栽植杨树速生丰产林及桃树、杏树经济林。通过植被恢复，涵养水源，拦截径流，保护台地，改善环境。生物措施模式是通过增加植被覆盖率来控制水土流失的方法，主要包括植树造林、植被自然恢复以及修建梯田等。修建水平梯田，一直是黄土高原上坡面水土流失治理的核心工程。

以上环节构成了综合防护体系。截至2004年，青豆沟小流域打骨干坝、滚水坝28座，农户建塘坝9座，打井36眼。一共平整台地、缓坡地11530亩，发展台坝地灌溉6000亩，坡地退耕还林还草5000多亩，荒山造林31000亩。

该模式的实施，带来显著的经济、生态和社会效益。粮食单位面积产量由过去坡地的87千克/亩，提高到554千克/亩，增幅近6.37倍，仅台地这一项，即可以实现全村粮食的自给有余。土地生产率由坡地的104元/亩，提高到664元/亩。植被覆盖率由8.4%提高到55.4%。各类工程每年可拦蓄径流69万立方米，蓄水效益54%；减少土壤流失11.1万吨，拦泥效益48%。农林牧用地比例由1∶0.4∶0.1调整为1∶4.5∶2.9，基本解决了林牧矛盾。随着农业生产效率的提高和林草覆盖率的增加，流域内舍饲养畜、水库养鱼、农产品加工业蓬勃发展，昔日的穷山沟变成山清、水秀、人富的聚宝盆。

该模式被清水河县水务局魏华等人做了概述，收入科学出版社于2003年出版的《中国水土保持生态建设模式》一书，并在黄土高原低缓丘陵区推广。小流域综合治理模式是以环境治理为手段，从而达到改善人类生存和发展空间的终极目的。它符合治理水土流失的自然规律，符合我国水土流失区农村经济、农业生产和农民生活的经济社会状况，显现了持久的生命力，促进了"三农"状况的改善，解决了许多水土流失区农民群众的脱贫致富问题，发挥了显著的保持水土、减少江河泥沙的生态效益。

作为黄河泥沙的"治本"措施，水土保持发挥了巨大的作用。经过青豆沟几代人的持续努力，山水林田路综合治理，实现了"人进沙退"的治沙奇迹，生物多样性明显增加，成就了今天青豆沟的秀美山川。

第二篇　综合治理篇

第七章

"黑脸包公"

在青豆沟村，云二召除了"万能匠"的名号，还有一个响当当的名号——"黑脸包公"。究其缘由，"黑脸"预示着他忠耿正直、铁面无私、坚定执着。"包公"，指的是中国历史上的名臣、清吏代表包拯。他一生致力于整治吏治、注重生产、巩固国防、举贤任能、为民请命，颇有政绩。包拯之名，成为清廉的象征。

云二召"黑脸包公"的名号，来源于当年的偷狗事件。

一

有些地区一直以来都有吃狗肉的习惯，也有狗肉交易市场。有些人为了牟利，常去村子里偷狗卖。20世纪90年代，青豆沟村周边偷狗之风盛行，令人防不胜防。

为了对付偷狗贼，云二召动员村里的富裕户，安装了有线电话。

在乡村，人和狗的感情是很深的。有一天，云二召家的狗被偷走了，他并不知道。

晚上11点钟，村东头的云兴胜给云二召打电话，说："你家的狗被偷了，我家的狗也被偷了，偷狗贼向你家那边跑了，赶紧组织村里的人把他们堵住。"

云二召听说自家的狗被偷了，半信半疑，急忙走出家门去找，发现自家的狗确实不在院子里。他急不可耐地招呼来村里的人，把守在门前的016县道上。村民们将偷狗贼的车团团围住，将偷狗贼抓了个现行。

云二召说："捉贼捉赃。先看看他们的车上有没有狗。"

车的后备厢被打开了，云二召家的狗已经被毒死了，云兴胜家的狗从车上跳了下来。

下药毒狗偷狗，这些人的目的多半是要将狗肉卖了。首先，将狗毒死这种残忍的手段，让人痛恨；让含毒的狗肉流入市场，更是让人深恶痛绝。

村里的人将三个偷狗贼团团围住准备动手。云二召说："偷狗的行为本身就是违法行为，轻者受到治安处罚，重则受牢狱之苦。你们先把人看住了，我回家打电话报警，等待警方来处理。"

就在云二召回家打电话的一会儿工夫，有两个偷狗贼趁机溜走了。村民们急忙把另一个用绳子捆起来，怕他也跑了。

有个村民说："云书记真是心慈手软，要是我家的狗被毒死了，我早把他打得满地找牙了。"

另一个村民说："就是，要是暴打他们一顿，哪能让跑掉两个，想起来就恨得咬牙切齿。"

云二召走过来说："我们面对偷狗贼，面对自己的财产遭受侵害，有防卫的权利，但打人是犯法的。犯法的事不做，还是等警方来处理吧。"

警察来了，录了口供，那个偷狗贼只供出他们一共三个人。

云二召说："文龙，你开上大客车，带上村里人，我们一定要抓到那两个贼。"

逃跑的两个偷狗贼，路上又遇到了另外一个贼。那个贼本来是单独去一户人家偷狗的，没有得手。他们三个人刚刚汇合，就看见一辆大客车开过来。

其中一个偷狗贼说："这辆大客车，就是刚去的那个村的，我们不能自投罗网。"

三个偷狗贼急忙躲了起来。

云文龙将大客车开到三十一号村，没有找到偷狗贼，就掉头往回走，结果迎面碰上了三个偷狗贼。他们躲闪不及，被抓了现行。

这次行动将四个偷狗贼全部抓获，大获全胜。村里人以为可以消停一阵子，就放松了警惕。

没过多久，从清水河下岗回康堡村的一户村民，家里没有院墙，晚上狗没有逃脱偷狗贼的魔爪。

那个村民急忙来找云二召，说："偷狗贼的车向五良太乡方向逃走了。"

云二召给乡派出所打电话报警，并让他们在路上拦截。之后，又让云文龙开上大客车去追。

偷狗贼在车上，看见乡政府路口人多，情知不妙，掉头往回返，迎面碰上了云文龙的大客车，村民们拿着铁锹，跳下车抓贼。偷狗贼躲在车上不下来。那辆车又掉转头，躲过大客车，向康堡村方向逃去。云二召又打电话通知村里的人，在路口拦截，最终将偷狗贼全部抓获。

几次抓捕行动的胜利，让偷狗贼们都知道，康堡的村书记云二召就是个"黑脸包公"。偷狗贼再也不敢来偷狗了，村子里也实现了长治久安。

二

不仅是青豆沟的村民，方圆几十里都知道，云二召脸黑心热，这一点儿都不假。村里村外的大事小情、红白事业，只要需要用车，他就去当司机。虽然他脾气不好，但讲道理，为民办实事。

云二召重视教育，动员村民送孩子上学，并毫无保留地支持。那时候，村村都有学校，青豆沟村的学校是中心校。附近村子的孩子都来这里上初中。杜果兴老师不是本村人,来村里当老师。为了让他在学校安心教孩子。云二召和村委会商量,在康堡村为杜老师建起了石窑,杜老师就在村里定居了。

1995年,李静在白旗窑小学当校长。云二召对学校十分关心。在学校困难的时候,他资助了两万多元。当他看到学校没有旗杆时,就将旗杆做好了送到学校,以满足学校每周一升国旗的需要。

1999年,因为电力设施陈旧,村子里经常停电,那时候手机还不普及,只要遇到停电,云二召就会开上拖拉机去找电工修理电路。有一天,他走到灯笼太村附近,发现路边10千伏的电线杆被风刮倒了。他就从附近的村子里找来村民,让他们在现场看着。然后他去打电话,通知供电局的人来处理,确保了过往村民的安全。

村里还没有通班车的时候,每逢下雨下雪天气不好的时候,只要有人出门,他都会开上拖拉机送他们去大红城坐班车。

助人为乐是一轮红日,散发着无限光芒。云二召一辈子做好事、办实事,虽点点滴滴,却散发着巨大的能量。对他来说,永葆爱心是一种责任,传递着人生的信仰。在他的影响下,青豆沟村民的风貌悄然改变了,村风正了,百姓高兴了。

第八章

云文龙的"草根成长史"

时光如梭。云文龙对小时候的事情仍然记忆犹新。

云文龙从四五岁开始,就在父亲云二召开的拖拉机上爬上爬下。他常和小伙伴们跟在拖拉机后面,追逐着、欢笑着、打闹着,一直跟到田野上。云二召似乎一点都不担心他的安全,他童年时的快乐就是这样的简单。

云文龙从小就爱拖拉机,也很爱马。七八岁时,他就骑着一匹小白马,谁家的牛不见了、羊找不着了,他都要骑上马帮忙找。

从云文龙记事起,他家养的羊就很多。父亲整天忙着村里的事情,种上地后,锄地的事和家里的活都由母亲来完成。云文龙从小就懂得为母亲分担。他拉着羊走很远的路,去给母羊配种。放学回家后，他就起粪垫羊圈、修剪树木等。他和母亲一起去栽树，母亲挖树坑，他就把放在水坑里三天的树苗抱过去，一棵棵放进坑里，再扶住树苗，由母亲填土埋上。

那时家里虽然贫穷，但充满无限欢乐。因为父亲是生产队的拖拉机手，所以云文龙经常看到父亲用抹布仔仔细细地擦洗那台拖拉机，这大概是云文龙和驾驶结缘的起点。"突突突"作响的拖拉机，成为云文龙孩童时最为美好的记忆。他认为做一名拖拉机手无比荣耀，而这也成了他的梦想。

让云文龙感受最深的事，就是淤洪澄地。在青豆村广为流传着这样一个故事……

1995年7月中旬，天下起了大雨。

云文龙正在村里的学校上课，刘翠女急急忙忙跑到学校来找他。

云文龙从教室里跑出来问："妈，下这么大的雨，来学校找我，有事儿吗？"

刘翠女着急地说："文龙，你爸去呼市开人代会还没回来。你快去看看吧！刚刚打起的围堰快被洪水冲垮了。"

云文龙说："妈，你别着急，我爸不在有我呢。"

云文龙顾不上向老师请假，骑上自行车，冒着雨往家赶。他跑进院子，抄起一把铁锹，拔腿就朝围堰的方向跑去。围堰离家不远，云文龙扛着铁锹，远远看见洪水已经把围堰冲开了一道口子。他紧跑几步，冲进洪水里，跳到围堰前，用铁锹挖上土，想把决口堵上。洪水肆虐，虽身单力薄，无法与洪水抗衡，但他还是一锹一锹地将泥水扔向决口处，很快洪水又将围堰冲开一道口子。他正好站在被冲开的两道口子的中间，被困在了洪水中，情况十分危急。

刘翠女跌跌撞撞地跑过来，被眼前的景象惊呆了：她的二儿子站在破损的围堰前，四周是汹涌澎湃的洪水，随时都有被洪水冲走的危险。

刘翠女回过神来，高声疾呼："救命啊！救命啊！"

刘翠女的呼救声惊动了不远处正在修桥的几名工人。他们急忙跑过来，看见被困在洪水中的云文龙，几个人手拉手走进洪水中，将他救上了岸。

母子俩向工人们千恩万谢，是他们在危难之中施以援手，救了云文龙的命！

那年，他才12岁，却已经有了男子汉的责任和担当。

云文龙17岁那年，云二召和他有过一次对话。

云文龙和父亲商量："爸，让哥哥和妹妹好好上学，我只想回村当一名拖拉机手。"

云二召想了想说："你还小，开拖拉机不安全。你还是学习开推土机哇。"

云文龙问："啥车不能开，为啥偏偏是推土机？"

云二召说:"推土机是履带式的,跑得慢,比较安全。再说了,搞农田水利建设,淤洪澄地、打围堰、造水平梯田都少不了它,它的作用可大了。"

每年在播种的时候,云二召总不放心儿子,跟在旁边指导或自己干。因为种得好不好,直接关系到这一年的收成。

云文龙对学习不上心,却喜欢摆弄各种器械,小小年纪就成了村子里的一名推土机手,跟随父亲在农村的广阔天地里摸爬滚打、百炼成钢。他不仅喜欢下地干活,还喜欢琢磨一些事情,比如淤地坝、造鱼鳞坑、造水平沟等治理水土流失的方法。

淤地坝,最早是黄土高原地区的人民群众在与水土流失长期的斗争实践中创造出来的。最早的淤地坝记载于明隆庆年间,距今约500年。它是指在沟道中修建的具有缓洪、拦泥、淤地、发展生产等功能的水土保持工程,用来治理水土流失。一般由坝体、放水建筑物和溢洪道三部分组成。坝内所淤积的土地称为坝地。

淤地坝,具有以下几大显著的综合效益:一是拦泥保土,可有效减少流入黄河的泥沙量;二是淤地造田,增加耕种面积,提高粮食产量;三是水资源利用,解决农民生产生活用水问题;四是促进退耕,减少毁林开荒、过度开垦带来的负面影响;五是改善生态环境,使河水变清;六是以坝代桥,改善交通条件。

鱼鳞坑是在陡坡(大于25度的坡)土层薄的土石山区,沿等高线修筑的月牙形,排列呈"品"字形的小坑,用于蓄水拦泥。

在坡面不平、覆盖层较厚、坡度较大的丘陵坡地，采用水平沟，即沿等高线修筑，在沟底用来拦截坡地上游降雨径流，使其变为土壤水。

成年后的云文龙，膀大腰圆，长着一对炯炯有神的大眼睛，悍性很强，想法较多，是云氏家族里的一条好汉。

2002年，云文龙和魏最来搭档，开着推土机投身淤洪澄地战役。他们要在水泉沟的大沟里，筑起一道40多米高的淤水坝。这道坝技术含量很高，由专业水利技术员按流域面积计算出最大量，再确定淤水坝高度，防止坝体被冲垮。一旦坝体被冲垮，下游的村庄和庄稼地会被全部淹没，严重威胁村民的生命和财产安全。一般要求在6月25日汛期到来前，筑起的淤地坝要高出排水洞16米，这样才能将冲下来的泥沙留下，将清水排出，达到从源头上治理的目的。

参加战役的有20多人。他们搭起4顶帐篷，每顶帐篷住5个人。他们吃住都在工地上，每天从早晨5点一直干到中午12点，从下午2点干到晚上10点。有一天，云文龙开的推土机没油了，需要从离地50多米的坝顶向坝底的推土机加油。为了尽快加上油，不耽误工程进度，他将加油管放在嘴里，猛吸了一口，呛得喘不上气来。

魏最来见状跑过来，拍着他的后背，说："云龙，你不要命啦！"

云文龙好不容易倒过一口气来，说："我们不是在赶时间吗？工期不能耽误。"

魏最来叹口气说:"你父亲的吃苦精神,是最令我佩服的。没想到你这么年轻,却像他一样能吃苦。"

2003年,县水利局要打南沟清水坝堰。主河道施工要求是,必须要在汛期前达到流域规定的高度,如果达不到就必须全部停工。

云文龙开着推土机加固坝体。他试着用水力冲填的办法,可是坝体是红泥做的,水冲上去冲不动。他只好用推土机推上一股土,再用水泵抽上来水用水冲,把泥留在坝体上,清水再回流,如此循环往复。

云文龙用推土机在壕沟里拦起一道坝后,就和大伙一起去帐篷里吃饭。他看见刘巨科吃完饭,就让他下去检查冲刷进度和效果。

刘巨科走到坝体旁,一不留神踩在虚土上,一下子就陷进泥土里了,只露出个脑袋。

云文龙发现刘巨科没有回来,又让杨俊小去找。杨俊小远远看到刘巨科露在外面的脑袋,水正要从上面冲下来,情况十分危急。他急忙跑过去,在泥水中拉了刘巨科一把。也许是因为用力很猛,刘巨科奇迹般地从泥土中弹跳出来。

这时,云文龙还是不放心,也下来查看。他正好看到这惊险的一幕,问:"俊小,你是怎么把巨科救出来的?"

杨俊小说:"我也不知道。"

云文龙又问:"巨科,你是怎么被救出来的?"

刘巨科说："我也不知道，我就感觉有一股力量，帮助我跳出泥潭。这也许就是求生的本能吧。"

杨俊小说："文龙，是你的细心救了巨科一命。"

村里的年轻人大都进了城，可云文龙却守在村子里劳动，打坝、铲地、种地、养牛、养羊，一年四季不得闲，练就了一身本领。

云二召父子延续40多年的农机情缘，见证了我国农业现代化和农机事业的蓬勃发展。

第九章

持家有"道"

世上有两种人：女人和男人。女人渴望遇到一个好男人，开始一段恋情，之后收获幸福美好的婚姻。男人何尝不是呢？当遇到一个知冷知热、温柔体贴、会过日子的好女人，和自己相濡以沫，共度余生，那是多少男人梦寐以求的事情。古人云：好女人旺三代。可见，一个家庭的女主人对这个家庭的影响有多大。刘翠女就是一个会持家、将日子过得越来越好的女人。

刘翠女心地很善良，做事很有分寸，不会轻易伤害别人。她用自己的言行举止给孩子们树立了好榜样。她孝敬公婆，凡事做到有情有理。刚结婚时，家里穷，他们一大家人住在康堡村的土窑里。20世纪80年代初，土地包产到户后，他们的生活有所好转，于是就在旧居附近建起四孔坐北朝南的石窑，院落宽敞。云二召的父母住着两孔，云二召家五口人住着两孔。此时，全家才真正住上了石窑，过上了不愁温饱的日子，其乐融融。窑里间一盘火炕占据了窑洞一半的空间，地上靠北墙放着红躺柜，收拾得干净整洁。外间门口也有一盘火炕，连着一个灶台。旁边放着几口水缸，用来储存水和腌咸菜。一个矮柜上放着做饭用的家什，显然是厨房。很多时候，家里是刘翠女一个人在忙活。云二召姐弟六人，两个弟弟的媳妇都是他们帮着娶的。他们夫妻从来没有因钱和工作上的事争吵过。

刘翠女和丈夫白手起家，艰苦创业。家里种着100多亩地，云二召只管耕地，耕完地就去村里忙。刘翠女知道云二召做任何事都要做出个样子，所以锄地割地、养羊喂猪、烧火做饭、照顾孩子等事情自己全包了。

她的人缘极好，无论走到哪里，都给人一种温暖亲切的感觉，别人也愿意与她接近，愿意和她做朋友。云二召娶了这个善良的女人，心里总是暖暖的。

刘翠女做事大气，不拘小节。她是丈夫的左膀右臂，是孩子们的主心骨，更是家里的半边天。一年四季，刘翠女不仅要给全家人做饭，还要招待家里来的客人，肩上的担子不轻啊！康堡村位于清水河县的最北端，比较偏僻，方圆十几里没有一个饭馆。多少年来，云二召养成了一个习惯，无论是上面下来检查工作的领导，还是来办事的人，只要到了饭点，都会将他们带回家招待吃喝。蒙古族的待客之礼是有客必待，不管是远亲还是近邻，不管是熟客还是初识乍到的人，均真诚相待。

云二召是个实在人，交往的人也都是些实在人。有时，他一次能领回家20多人，家里有啥吃啥，没有肉，稀饭也要给吃饱，从没有慢待人家。即使家里半夜来了客人，刘翠女都会起来做饭，毫无怨言。刘翠女虽然文化程度不高，但她懂得家里来的人多，孩子们的见识也多。关门吃开门拉，家里没个客人也不是个人家。

1995年，郭建光作为五良太乡的下乡干部来到青豆沟村，吃住都是在云二召家里。

2009年12月，康堡村相邻的二十号村发生了一起案件，所有参与办案的人员都在云二召家里吃饭。警察驻村半个多月办案，仍未破案。村民们提心吊胆，惊恐万分。

有一天，办案人员来家里吃饭的时候，刘翠女想起自己家有个亲戚在那个村子里。她和云二召商量："你过去找亲戚了解一下，看看能不能找到一些线索。"

刘翠女的话点醒了云二召。他带上办案人员去了二十号村的亲戚家。这位亲戚向办案人员说了一些村里的情况，办案人员由此获得了一些线索，找到了办案方向，最终破了案。

村里打坝开鱼塘也是云二召带的头。当时村里有9个塘坝，用来养鱼的话，每个鱼塘每年也能收入5000多元。云二召用塘坝养鱼不是为了赚钱，而是为了招待来家里做客的人。客人越来越多，有时家里坐不下，云二召就在住的窑洞旁盖了两间平房，院子南面也盖了几间平房，这样就能保证来再多的人也有吃有住处了。

勤劳是家运旺盛的根本，也是一个人最基本的生存之道。刘翠女是个勤快人，再忙也会把家收拾得干干净净，给人一种温馨安宁的感觉。她常对孩子们说："人不勤会废，地不耕会荒。老祖宗留下的话句句都是真理。不管时代如何变迁，不管一个家庭的条件多么优越，勤勤快快做事的人都会把日子过得和和美美。"

村里人都说，云二召一年三百六十五天都在想工作的事情，不讲究吃穿，生活非常简朴，简直是个"零娱乐"的人。"布衣蔬食，享受无穷。时不解膏粱文绣，有何可恋。"男人一年四季在外面忙，刘翠女从来不抱怨，用心拉扯着几个孩子，家里地里她一个人操持。她不怕家贫，虽生活俭朴、粗茶淡饭，但总是充满欢乐。

云二召家里种着100多亩地，全靠人力耕种。他每天吃完早饭，就背着锄头去锄一会儿地，然后到村委会办公，晚上回来再去锄地。

他还在院子里种下几棵果树和两棵四季玫瑰。每年玫瑰花开的时候，刘翠女便将花瓣摘下来，用清水洗净，晾干水分，之后加入白酒、白糖或红糖，用手去揉，揉到玫瑰花瓣面目全非的时候，装入密封罐，压实，最后用蜂蜜密封起来。在阴凉处放置1~3个月，酸甜可口的玫瑰酱就做成了。这玫瑰酱不仅含着她的柔情蜜意和对全家人的爱，而且是用来招待客人的佳品。

刘翠女虽然没有上过学，但她懂得"活到老学到老"的道理。她学会了算账，也努力做一个贤妻良母。在云二召看来，如果人一生的目标只是追求一己一家的富有，那他的世界就太小了。一个不为追求财富而生活的人，才是真正富有的人。

对待孩子，他们要求很高的。他们让孩子们从小就干农活，放羊、垫圈、割草、喂鱼……一件不落。他们要让孩子们体会挣钱的不易！

在农村，乡里乡亲请客吃饭是常事。云二召也经常请乡亲们回家吃饭，但他很少去乡亲们家里吃饭。他深知"公生明、廉生威"的道理，多年来，坚持做到不吃村民一餐饭，不收村民一份礼。

20世纪90年代，拖拉机成了农村家庭的标配。有些人跑运输，成为那个时代的"万元户"。可云二召每天开着拖拉机，在集体的土地上忙碌着，从来没有想过自己的利益。

云二召的成功与刘翠女背后的支持是分不开的。刘翠女默默地支持着丈夫，为丈夫撑起一片天空。

第十章

植绿家园

青豆沟村地处库布其沙漠的东侵地带,与白二爷沙坝交界。白二爷沙坝地处内蒙古自治区和林格尔县、清水河县和山西省平鲁县交汇区域,横卧在黄河中游的古力半几河与浑河之间,东至羊群沟乡的白其口村,西至大红城乡的鄂家三号村,其东西长27里,南北宽22里,总治理面积达12万亩。治理前,白二爷沙坝每年把200万吨黄沙输送给黄河,并且以每年3~5米的速度向东西扩张。它的周围有1万多亩农田被流沙吞没,五六个村庄的村民被迫搬迁他处,陷入"沙进人退"的恶性循环。青豆沟村距离白二爷沙坝不足5千米,受其影响,水土流失、风蚀沙化现象严重,一幕幕生态灾难在这片黄土地上上演。

沙尘暴,在清水河当地被称作"大黄风",冬季大风常伴有"雪暴",当地称"白毛旋风"。风沙阻断公路交通、掩埋农田,给农牧业生产带来极大的危害。肆虐的黄沙,如同一双无情的巨手,试图将这个古老的村庄抹去。村庄里的石窑犹如一座废墟耸立在那里,毫无生气。因地处沙漠延伸带,青豆沟村走上了一条通过治沙来改变生活的致富道路。

青豆沟村是怎样摆脱风沙困扰的呢?

青豆沟人祖祖辈辈向往着能植绿家园,改善生态环境。但这里耕地少,大多数土地为跑水跑肥跑土的坡梁旱地,庄稼长势不行,种树更不行。因此,往年种下的树不多,只有少量的杨树和果树。村民生活十分艰苦。

1978年,党中央、国务院站在中华民族生存和发展的战略高度,作出建设"三北"防护林体系的重大决策。清水河县被列入"三北"防护林工程建设重点县,提出"固沙为主,先绿起来"的号召,贯彻"国造国有、社造社有、队造队有,社员个人种植的零星树木归社员所有"的政策,改传统的春、秋两季造林为春、雨、秋三季造林。

漫漫黄沙中,种树谈何容易。青豆沟村以自然村为界各造各的,年年造林不见林,但倔强的村民们和风沙较上了劲。后来,他们发现种柠条,撒下籽就能活。于是,他们在沙地上种柠条,在河滩上种杨树。尽管他们坚持不懈地植树造林,力图改变穷山恶水的面貌,但是由于没有长远的发展规划和科学的治理措施,最终以山坡卯梁上仅存的稀稀疏疏的"小老头"杨、柳、榆树而停滞不前。每逢落尽叶子的季节，寒风刮过树梢，"呜呜呜"的怪叫声平添了几分苍凉，村貌没有发生太大的改观。

1993年，小流域治理为青豆沟的生态建设注入了强大的动力和勃勃生机，也带来了发展机遇。他们采取荒山造林、封禁治理、恢复植被的方法来进行坡面防护。这是青豆沟小流域治理模式之一。"植绿家园、改善生态环境"，成了新一代青豆沟人的美好憧憬，刻进了他们的骨子里。

云二召在村"两委"会上说："为了治沙，我们要春天种树，夏天雨天点柠条、种草籽，伏天整地，秋天植树造林，一定要改变家乡的面貌，让乡亲们过上好日子！"

他带领村民治沙造林，宜林则林，宜草则草，造、封、育结合，乔、灌、草结合，工程措施与生物措施结合，走过了一条漫长而艰辛的路。

云二召手握铁锹挖树坑的样子，就像一棵永不退缩的油松。他把村民们拧成一股绳，成为村里治沙造林的主心骨。云二召开着那台"铁牛55"拖拉机，在前面耕、后面种。如果间隔三米，就不能大面积耕种，需要人工点种。雨后点种，成活率很高，而且晚上点种，第二天就能发芽。除了云二召开的拖拉机，村民们只能依靠手中的铁锹、手推车等简陋的工具耕种。种树的活很累，但云二召的要求很严。种的树只要用手能拔动，就必须返工。他要求大家干不完活不能回家，因为运来的树苗当天栽不进去就干了，所以他就是不吃饭也要和大家把树栽进地里。

过去，青豆沟造林是有什么树苗，就种什么树，没有充分考虑"适地适树"的根本法则，以致年年造林不见林。在小流域治理中，他们摸清了青豆沟的气候、土壤等立地条件，一般阳坡坡度为25度左右，阴坡坡度在30度到50度之间，黄土质为肥沃的壤质地，宜植油松、落叶松、柠条等。他们在陡坡地挖水平沟、鱼鳞坑，栽种柠条、沙棘、山杏、油松混交林。

沙漠中有种植物叫柠条，老乡俗称"明荆"。它耐干旱、耐寒冷、耐酷暑，生长快，生命力极强，是荒漠草原地带最接地气的防风固沙灌木植物。柠条根系发达，主根入土较深，旁根四处横生，纵满土壤浅层。如果把它种在沟边岸崖畔，发达的根系会把崖头牢牢锁住，不至于坍塌。柠条一般株高40~70厘米，最高可达2米左右。枝梢是优质饲草，被农牧民誉为牲畜的"救命草"和"空中牧场"，平茬后的枝干雨淋腐化，针刺脱落，又是农家土灶很好的燃料。青豆沟"死磕"黄沙的治沙人，就像倔强的白柠条。就这样在一棵树一棵树不停地栽种中，风沙肆虐的脚步渐渐退缩了。

1995年，云二召与魏最来承担起在荒地上种草的任务。他们挖了一个半间房的大土坑，上面盖上树枝，埋上土，建成一个窝棚，用木板当床，盘上炉子。每天，魏最来开着老式推土机平整土地，云二召开着拖拉机种草。有了这些工具，比手推肩扛强多了。在他们眼里，这些工具是十分先进的。他们每天工作十四五个小时。他们每天吃的是小米粥加土豆。为了能够早日完成种草任务，他们拼尽全力，从不喊苦叫累。

有人说，绿色象征生命。2000年以后，他们落实"挖大坑、栽壮苗、夏浇水、秋覆土、勤补植、严管护"抗旱造林18字方针，并加以推广应用，实现了由"黄"到"绿"的历史性变迁，生态面貌发生了翻天覆地的变化。青豆沟村的山坡上种上了油松，沙梁上种上了柠条和沙棘，山坡下种上了大接杏。大片的农田种植着玉米、高粱、豆类、谷子和马铃薯，层林尽染，满目皆绿，显示出欣欣向荣的景象。现在青豆沟村周围绿树环绕，特别是近几年，雨季雨水丰沛，沙区里大大小小的沙丘都绿了。往年不见的野兔、狐狸等野生动物，如今经常出现在丛林里。石塘山2000多亩山地，分布在几道山上，都种满了油松，一片嫩绿。这是青豆沟人以愚公移山般的毅力，苦干实干，创造出的荒山变林海的奇迹。

经过30多年的治理，青豆沟村44平方千米的土地上，林地面积达3.1万亩，牧草地面积达1.4万亩，森林覆盖率为40%，植被的盖度为65.3%。水土流失、风蚀沙化情况得到有效的控制，林草植被迅速恢复。人们居住的自然环境得到明显改善，生物多样性也明显增加。青豆沟村良好的生态环境，是几代人抢回来的，环境治理得越来越好，村民的生活也越来越富裕。

金色的秋天，从高处俯瞰，南至马鞍山、东至油篓山、西至大库伦、北至古力半几河的林带，就像一个不可逾越的绿色卫士，顽强地阻挡着东侵的风沙。绿色已成为青豆沟村的底色，绿色浪潮在这片黄土地上涌动不息，成为一道亮丽的风景线。

第十一章

农民奥运火炬手

2008年北京奥运会火炬接力，清水河县有两名火炬手参与，一位是农民代表云二召，另一位是企业代表马恒彪。云二召被选上，青豆沟人都很振奋。

火炬接力是奥运会中很重要的一个环节。火炬手选拔工作是奥运会火炬接力运行筹备阶段的重要工作。火炬手是指在奥林匹克运动会火炬传递接力活动中，负责传递奥林匹克圣火，传递奥林匹克理想的人员。火炬手，可以是运动员等体育相关人员，也可以是普通百姓。

2008年北京奥运会火炬手选拔工作以"和谐之旅"为主题，以"点燃激情，传递梦想"为口号，充分体现广泛参与，确保火炬手、护跑手选择工作的广泛性和代表性。通过公平公正的选拔程序，由各选拔主体，以组织系统推荐选择和社会公开报名选拔的方式，面向全球选拔最有资格传递奥林匹克圣火的火炬手。火炬传递路线和火炬手，是构成一届奥运会火炬传递的最基本因素，而火炬手是其中最富有感染力的一部分。

4月26日，内蒙古自治区公布了参加奥运圣火接力的火炬手名单，共有378名火炬手。在公布的呼和浩特市火炬手名单中，云二召名列第二位。他之所以能以组织系统推荐的方式入选，是因为他是民族团结的典范，也是土生土长的农民，热心志愿服务，品德高尚，乐于奉献，作出突出的贡献，他的经历对他人有教育和激励的意义。

3月24日至8月8日，奥运火炬传递范围遍布五大洲21座城市和中国境内113座城市，总里程13.7万千米。有21880名火炬手和5000名护跑手参加了这项规模盛大的圣火传递活动。

3月31日，举行了欢迎奥运圣火进入中国和接力活动启动仪式。

草原多胜景，"祥云"添和谐。7月8日，在北京奥运会开幕倒计时一个月的喜庆日子，象征和平、友谊和希望的北京奥运圣火，在"天堂草原、魅力青城"呼和浩特市传递。呼和浩特，蒙古语意为"青色的城"，位于内蒙古自治区中部，是中华文明的发祥地之一。呼和浩特市土地总面积为17224平方千米，现辖四区四县一区和一个国家级开发区。这是一座多民族共同聚居的塞外名城。在汉唐时期，这里就是中原地区开展对外交往的重要通道，是草原丝绸之路的重要枢纽。无论是远古文明的大窑文化遗址，还是战国时期的云中古城遗址，或明清时期的召庙艺术等，都真实记录了呼和浩特的悠久历史，显示了塞外名城的古老神韵。

"祥云"的塞外"和谐之旅"，见证了我国少数民族的历史性巨变和幸福生活，沿途满是洁白的哈达，悠扬的马头琴声，威武的蒙古族搏克手……他们用独特的方式迎接奥运圣火的到来。

7月8日上午8时，人们汇聚呼和浩特市民族团结宝鼎广场，火炬传递的起跑仪式在这里举行。人们载歌载舞欢迎奥运圣火的到来。9时整，北京奥运圣火在呼和浩特市传递，这是内蒙古自治区境内的首站传递。为迎接奥运圣火的到来，呼和浩特市街道两侧挂起五星红旗，营造出浓浓的奥运氛围。

呼和浩特市传递的首棒火炬手是篮球运动员巴特尔，他从时任自治区政协主席的陈光林手中接过熊熊燃烧的奥运火炬，开始传递。

呼和浩特市的火炬传递路线全长6.2千米，有208位火炬手参加传递。圣火途经乌兰恰特大剧院、国际会展中心、敕勒川大街、自治区政府十字路口、腾飞大道等著名城市地标，最后抵达如意广场。沿途有蒙古族歌舞、马头琴演奏等富有民族特色的表演，既体现了呼和浩特的草原文化底蕴和特色民族文化折射的现代草原都市新貌，又充分展示呼和浩特"和谐之旅"圣火传递的主题。

云二召站在跑道上心情特别激动，也深感骄傲和自豪。火炬传递过来了！他高举着以中国传统祥云符号和纸卷轴为创意的火炬，在护跑手的陪同下，完成了他的200米火炬传递。

在场的人们都欢呼雀跃起来，异口同声地喊着："北京加油！"

10时15分，内蒙古伊利实业集团股份有限公司董事长兼总裁潘刚作为最后一棒火炬手，手持火炬跑入如意广场，点燃圣火盆，呼和浩特市的火炬传递仪式圆满落幕。

之后，奥运圣火又在内蒙古自治区鄂尔多斯市、包头市、赤峰市等地传递。

奥运圣火在中国境内传递97天，传递了113座城市，总里程为4万千米，平均每天运行42.5千米。火炬手们通过手手相传，把取自希腊奥林匹亚的圣火，传遍辽阔的中华大地，抵达世界最高峰——珠穆朗玛峰，最终于8月8日到达北京奥运会开幕式会场，点燃奥运会主火炬塔。火炬手在传递圣火的过程中，传播奥林匹克精神，传播建设和谐社会的理念，宣传北京奥运会，以自己的人生经历为奥林匹克圣火增辉，并以高举圣火的形象激励和感动世界。

云二召见证了这一激动人心的历史时刻，参与了神圣的象征光荣与梦想的圣火传递，感到无比自豪。他面带笑容地说："2008年北京奥运会是让中国走向世界、让世界了解中国的良好机会。我是一名普通的农民，能够成为奥运火炬手，这是光荣而神圣的使命，我感到无比激动和高兴。这是我人生中的一件大喜事，也是一大荣耀。我很关注北京奥运会的比赛，希望每一名运动员都能很好地发挥自己的水平，祝愿他们取得好成绩。"

乡野长歌

云二召参加奥运火炬接力活动回来后,身边的人都感到,他整个人变得更加不知疲倦了,恨不得把几辈子的精力都用在工作上。在党支部会议上,他激动地说:"我希望连绵不断的圣火,能把草原人民的爱、梦想、希望和激情,永远传递下去。我们也要发扬奥运精神,把工作做好,让青豆沟走得更好、更稳、更远。"

第三篇　脱贫致富篇

　　发展是甩掉贫困帽子的总办法，贫困地区要从实际出发，因地制宜，把种什么、养什么、从哪里增收想明白，帮助乡亲们寻找脱贫致富的好路子。

——2013年11月习近平在十八洞村考察调研时指出

俗话说：一方水土养一方人。水土流失、土地荒漠化、水体和大气污染、森林和林地生态功能的退化，已经成为制约青豆沟村持续发展的主要障碍。

青豆沟村是一个汉蒙聚居村，也是内蒙古自治区级贫困村。作为村支书的云二召，认真学习党中央文件，深刻认识到农村要发展，农民要致富，关键靠支部。他把党的政策落实好，认真摸索种养殖经验，成为引路人，想方设法让乡亲们过上好日子。

2003年青豆沟村提出建设生产发展有新方式、生活宽裕有新层次、乡风文明有新风尚、村容整洁有新面貌、管理民主有新机制的"五新村"，比全国部署新农村建设还要早！如今，新一代青豆沟人又在改变传统耕作方式和加快村民增收等方面开始了新的探索。

云二召把铸牢中华民族共同体意识作为新时代民族工作的主线，手足相亲，守望相助，走在了全区民族团结进步的前列。

第一章

勤劳致富的引路人

青豆沟丘陵起伏、沟壑纵横,到处有山梁草坡、沟岔草地,发展畜牧业具有优越条件。几千年来,以农户为单位散养的黄牛,是农业耕作的主力。随着社会的发展,原始的耕作方式逐渐被小型农机具代替,耕牛退出历史舞台,云二召顺应社会发展和市场趋势,萌生了带领村民养肉牛的想法。他知道,想让黄牛重新登上历史舞台,就必须先有人做养殖示范。他作为村支部书记,应该发挥"领头雁"的作用,先领航、试飞,形成成功模式后,再引领乡亲们跟着干,一起脱贫致富奔小康。

2002年,云二召把自己想搞黄牛养殖示范的想法,与村委杨全和李根小说了,三人一拍即合。搞养殖,钱从何来?三个人商议后,决定每户向五良太信用社贷款10万元，购买鲁西黄牛。贷款办下来后，他们分别在院子里盖好了牛棚，到山西买回当时较为优质的肉牛品种鲁西黄牛（牛犊子）53头，他们分头养殖，摸索养殖经验，发展畜牧养殖。后来，他们成了五良太乡的肉牛养殖示范户。

牛养到第五年，因为肉牛市场疲软，养肉牛赔钱，杨全和李根小就把家里的牛全卖了。

"首战"告败，云二召备受打击，但他不甘心失败，坚持要做下去。因为他有一个信念：认准的事情，必须坚持下去。他又把眼光聚焦到种植业上，想走一条种养结合的新路子。

杨全劝他说："养殖没搞成，现在又要搞种植，这些可都是要担风险的。"

当时，村子里许多人都提出疑问，不明白他为什么要一意孤行。

人是社会性动物，当别人对自己的选择提出疑问的时候，通常会认为是别人错了；而当身边所有的人都否定自己的时候，不管自己的做法是经过怎样的深思熟虑得来的，很多人都会自我怀疑，随之而来的是改变自己的做法。云二召这个粗中带细的汉子，对于发展产业有自己的独特考量——要实现突破，必须找到一条致富之路。他说："只有在稳定养殖的基础上，优化种植格局，才能带动村民共同富裕。"

在养肉牛赔钱的情况下，云二召决定再向五良太信用社贷款100万元，作为扩大肉牛养殖规模的启动资金。

当时，100万元是一个天文数字，五良太信用社贷不了，能贷到这笔款的只有清水河联社，但也困难重重。薛建华作为担保人，和云二召一起找理事长张杰谈贷款的事情。

云二召说了自己的想法："这100万元，是我搞养殖和种植的启动资金，不仅要用于购买肉牛，还要用于打井。我要将旱地变为水地，发展种植业。"

张杰说："这笔贷款数额巨大，我一个人也说了不算，只能在理事会上定。"为此，张杰专门召开会议研究。

有人说："贷款100万元，数额巨大，还不起怎么办？"

张杰说："我认为可以放这笔贷款。"

有人问："说一下你认为可以放的理由。"

张杰说："理由有两个：一是云二召这个人我了解，他想做的事就一定会做成；二是林业局的薛建华对市场很了解，他引荐过来的人，并做担保，是可以放心的。"

有人说："还是实地调研一下，再决定放不放这笔贷款吧。"

调研组来到康堡村，云二召带着他们看了牛、牛棚、土地和水利设施。他还谈了自己的宏伟设想："为了养好牛，我十分注重种植养殖技术，看中央电视台农业频道和科技类书籍，研究肉牛养殖技术。随着养殖规模的扩大，我准备大面积种植青贮玉米。牛吃了自己种的青贮饲料，变成肥料，再将肥料施到玉米地，实现生态循环经济。这样既环保，又能降低成本，一举两得。"

有人问:"什么是青贮饲料?"

云二召给他们科普了一下。青贮饲料有"草罐头"的美誉,是指青绿饲料经控制发酵而制成的饲料。它多汁适口,气味酸香,消化率高,营养丰富,是饲喂牛羊等家畜的上等饲料。

大家交口称赞:"没想到,这个村子里还有这么有头脑、肯钻研、有雄心的人。"

这100万元的贷款犹如及时雨,为云二召的种植养殖事业奠定了坚实的基础。

万事开头难。在奶牛市场饱和的情况下,云二召毅然决然地选择走肉牛养殖的路子。刚开始,他也和其他养殖户一样,每天只喂两次牛。经过他的观察发现,这样会导致弱小的牛吃不饱,从而发育不好。经过研究和设计,他改变了喂食方法,由原来的两次喂食,改变为全天24小时喂食。他还设计了一种饲料,由十几种材料混合配制而成,合理搭配了蛋白质等营养物质的摄入量,保证每头牛都能吃得饱、吃得好。

科学的思维模式以及善于观察、勤于研究的精神,让云二召在肉牛养殖方面取得了很好的成效。但他并没有止步于现在的方法,而是坚持探索更科学的饲养方式。经过细致的观察,他发现用同样的饲料和水,养出了生长速度不一样的肉牛。他并没有对这一现象置之不理,而是积极寻找原因,终于发现肉牛生长速度变快的因素——充足的阳光。他发现巧用阳光，可以让肉牛每月多长8~10斤。后来，他改造了养殖场，增加了采光和通风，这一举措使肉牛的生长周期由10个月缩短为8个月。为了增加肉牛的运动量，他还雇了牛倌放牛。牛倌每天白天把牛赶到草地上去吃草，晚上回到牛棚。这一举措，使得牛肉品质更好，牛的体重也增加得更快。

云二召没有独享自己的养殖方法，而是把这些方法分享给村里的肉牛养殖户，带领大家共同致富。由此，他也成了五良太乡勤劳致富的引路人。

云二召脱贫致富的故事激励着许多贫困户重拾生活希望。赵金明于1984年在白二爷沙坝当工人，1994年回村后，没有分到土地。云二召将自己家里的土地分给他种。直到第二轮土地承包时，他们全家四口人分到22亩地。2005年，国家开始发放种玉米补贴，每亩补贴50~60元，赵金明家里的生活得到改善。村里一些有头脑的年轻人纷纷效仿云二召的做法，现在青豆沟村有种植大户5户，200只以上的养殖大户10余户，现代农业在青豆沟村已经形成一定的规模。这在一定程度上带动了周边乡镇、旗县农牧业的发展，形成一种新的农业生产模式。在云二召的带动下，利用订单农业、雇佣劳务等方式，使周边群众也增加了收入，14户贫困户、89户一般农户增收，每年为当地群众提供20余万元的务工收入。村里人感慨道："跟着支书，致富不愁。"云二召和两个儿子通过勤劳的双手办起种牛、种羊养殖场。后来，他们还流转了2000多亩土地，种植青贮玉米，兑现了当年贷款时的诺言。

不到10年的时间，云二召带领孩子们走上了高水平的致富之路。

诚信、创新、坚持、刚毅，是云二召永不褪色的光芒。在这个纷繁复杂的世界中，能在不确定的情况下坚定信念、准确判断是很难得的。云二召在创业的过程中，始终坚持自己的方向不动摇，这难能可贵的坚持，注定了他的成功。他的认知观来自自身的实践活动，更来自虚心请教农牧业专家。县农牧局的刘存有、王军祥，市农牧局的云小宁以及通过他介绍的有关方面的专家为云二召出点子、出方案、出配方，让他的实践活动有了理论依据，更加坚定了他种植养殖良性循环的"大农业"之路。

第二章

塘坝养鱼做活"水文章"

青豆沟村的塘坝，清澈见底的水面，倒映着蓝天白云和两岸的绿树，鱼儿在水中嬉戏……座座塘坝与周围的农田、山峦、绿树，相映成趣，处处皆是风景。

多年来，青豆沟村因地制宜，通过种养结合等方式，培育壮大村集体经济。村"两委"通过谋划，采用"人放天养"的方式，发展生态渔业，带动村民发展多种经济。

青豆沟村塘坝的养鱼历史，还得从村书记云二召说起……

1994年至2004年，青豆沟村一直致力于小流域治理，打主力坝、滚水坝28座，用于淤洪澄地，造出大片良田。

塘坝是在山区或丘陵地区修筑的一种蓄水量不足10万立方米的蓄

水设备，是一种拦水坝，用来积聚附近的雨水、泉水以灌溉农田。为了调动农户打坝的积极性，村里允许村民承包打塘坝，用于自家的农田灌溉。云二召带头打下3座塘坝，村民个人先后又打起6座塘坝，全村共有9座塘坝。

2005年，打坝造田基本结束。云二召穿行在护林的路上，每当经过那些塘坝旁时，他都会冒出一个念头：这些塘坝是自然瑰宝，应该发挥它的巨大潜力，要是能在这里养鱼就好了。

云二召是一个热爱学习、勤于思考、勇于实践的人。为了使塘坝养鱼的想法变成现实，他购买了多种科学养殖的书籍来读，并从中找出一些经验和方法。他知道，大力发展池塘养鱼是我国农业发展的重要组成部分，既可以改善人们的生活水平，也能缓和城乡淡水供需矛盾。池塘养鱼实行立体养鱼，不但可以提高广大养鱼户的经济效益，还可以合理安排农村剩余劳动力，扩大经营项目，增加农民收入。要想提高塘坝养鱼的产量，必须实行立体养鱼。

立体养鱼，首先要注重鱼塘的水质。水是鱼类的生存之源，水质的好坏关系到鱼类的生死存亡及产量高低。调节水质，是养鱼高产的重要措施。池塘水质良好，不仅可以减少鱼病的发生，还可以降低饲料系数，提高养殖经济效益。其次要放养优良的鱼种。鱼种是养鱼的基础，放养优良的鱼种是获得高产的前提条件。优良的鱼种，生长快，成活率也高。此外，将不同活动水层、不同习性的鱼类进行混养，能充分利用养殖水体的生态空间及各种饵料生物和营养物质，降低水体中有机悬浮物的含量，维持养殖水体的生态平衡，减少鱼病的发生。

无论是种植还是养殖，云二召都会带头实践。无论成功还是失败，他都要总结出经验和教训，以此为基础，找到成功之路，再让乡亲们跟着走。经过充分的准备，云二召利用自家的塘坝开始立体养鱼的实践。

第一年，他彻底清塘消毒，一次施足底肥，并投放了草鱼、鲤鱼、鲫鱼和鲢鱼苗，这些鱼苗都是他花大价钱从天津买回来的。他充分利用水域空间和天然饵料合理搭配混养，实行上、中、下水层立体养殖。鲢鱼生活在水体上层，草鱼生活在水体中下层，鲤鱼、鲫鱼生活在水体底层。将这些不同种类的鱼混养在同一池塘中，不但可以增加池塘单位面积的放养量，而且能充分利用池塘中的各种饵料资源，产生互利关系，防止水体的富营养化，也改善了池塘的生产条件。他还请来专业技术人员，为各类鱼种搭配饲料。经过几个月的实践，到了秋天，因为塘坝里水多，投放的鱼苗少，居然出现了打捞不上鱼的现象。

第二年，云二召汲取经验教训，实现了机器投食喂养，还适时巧施肥，培养天然饵料。施肥分为施基肥和追肥两种。当气温低时，着重培养适宜"肥水鱼"摄食的浮游生物，促使鲢鱼快速生长。他每天早、晚各巡塘一次，观察鱼有无浮头、鱼的摄食和活动情况，再确定当日的投饲量；还要观察鱼有无病兆，争取做到早发现、早用药、早治疗。云二召夫妻下了辛苦，费尽心思。到了秋天，云二召的塘坝里的鱼大获丰收，不仅调动起了本村人养鱼的积极性，也带动了全县人养鱼的积极性。

为了带领乡亲们脱贫致富，云二召不断钻研，摸索出一种黄土高原沟壑区塘坝养鱼的方法。其步骤如下：选择水域监测水质；选择塘坝；鲤鱼、鲢鱼、草鱼等苗种的选购；鱼苗投放前消毒；鱼苗投放数量、规格、密度；疾病预防、捕捞和日常管理。这种方法可以利用塘坝丰富的浮游植物和水体生物，成功养殖鲤鱼、鲫鱼、鲢鱼和草鱼等，对于发展地方经济、提高农民收入以及促进黄土高原地区塘坝养殖起到积极的推动作用。

塘坝养鱼，头几年鱼的毛病少。养的年长了，阴天、雨天容易缺氧，造成鱼苗死亡。云二召为鱼塘配备了增氧机。他有时甚至晚上不睡觉，守在塘坝边上观察情况。

2013年，云二召依旧致力于种养结合的探索。他的塘坝养鱼不再以经济为目的，每年投放鱼苗，人放天养，以满足家里人和村子里来客人招待之用，其他养鱼户的收益还是比较可观的。

2022年，新一代的青豆沟村党支部书记、村委会主任云文龙，站在鱼群跳跃的塘坝前，产生了一个想法：发展生态渔业，把做好的"绿文章"和"水文章"结合起来，搞旅游项目，为游客提供垂钓体验服务，做好壮大集体经济的文章。他甚至想到养鱼的种类、配套垂钓设施的建设等。首先是注重鱼的成活率和品种的丰富性，比如父母亲自养过的草鱼、鲤鱼、鲫鱼、鲢鱼等品种。其次，垂钓重点就是防护设施的建设。云文龙的这个想法如果能实现，不失为壮大集体经济的一个增长点。

青豆沟村滴灌技术的应用，让垂暮的塘坝失去了灌溉农田的历史责任，生态渔业的发展又会让这摊"死水"变成灌溉经济发展的"活水"。

第三章

大坪之兴衰

云二召躺在病床上时，常常想起老鹰。老鹰是世界上寿命最长的鸟类，能活到70岁。但它到40岁时，爪子开始老化，喙变得又长又弯，羽毛长得又浓又厚。这时，它面临着两种抉择——等死和重生。重生是一个十分痛苦的蜕变过程。150天漫长的磨炼，在悬崖上筑巢，用它的喙去击打岩石，直到喙完全脱落，长出新喙。它先把指甲一根一根拔出来。等长出新指甲后，再把羽毛一根一根拔掉。5个月后，它长出新的羽毛，老鹰开始飞翔。

2010年，云二召做完手术后，身体渐渐好起来，他感觉自己像鹰一般获得了重生。因为生命是自然和社会复杂的结合，既同大地紧紧相连，受到自然的厚赐，又以心灵为主体。因此，抗衡的过程就是逐渐蜕变的过程。人生就像激流，不遇到暗礁，难以激起美丽的波浪。只有经历蜕变，才能展现更优秀的自己。

云二召从病床上起来，走出家门，干的第一件事情就是去见他那片始终牵挂着的土地——大坪。

以前，这里是一大片荒地，被村民们称为大坪。从20世纪80年代开始，青豆沟村人不断在大坪打坝淤地，树地和道路加起来有2800多亩，此后开始在这里种草。后来这里碱化严重，啥也种不成，又成了一片荒地。

1997年，清水河县水利局局长魏华和村支书云二召商量，想承包大坪的土地，设立水利局的基地，种植优良牧草。他们在这里打坝淤地治碱，打井用于灌溉，对大坪的土地进行全面的改良和改造。

云二召对魏华的支持，不只是在言语上，而且在雷厉风行的行动上。他开着拖拉机耕地、压地，很快就种上了苜蓿和沙打旺。沙打旺是内蒙古自治区20世纪70年代引进的一种优良牧草，播种后，长势喜人。它不仅抗旱、抗寒、耐瘠薄、产量高、品质好，而且生产迅速、经济效益高。

1998年，他们又在大坪碹起五孔窑，建起仓库和牛舍，投资养殖业，养了几年牛和几年羊。

8年后，魏华退休，水利局将大坪的土地转包给别人，种打籽西瓜和青贮玉米，结果均以失败告终。后来县农业局将土地转包给北京的一家公司，然而草场退化了，搞种植业搞不起来。就这样转手七八家，都没有获得多少效益。大坪从此又变成了一片荒地，连草都种不活了。

云二召看着被荒废的大坪，心疼不已。他想起曾经发生在当地的一件事。

1932年，青豆沟村的彭得考动员几家富户，集资7000元兴修水利，变旱地为水地。当时彭得考兄弟把出嫁的三个女儿的聘礼200元都用于工程上。由于当时技术落后，几年才淤澄出2.7余公顷土地，后又因争夺土地产生纠纷，打了三年官司，使这项水利工程未能取得成功。因此，当地流传着"三个闺女，7000元，无法改变大自然"的俗语。

云二召暗下决心：我可不是彭得考，我想干的事情，就没有干不成的！想干事，钱从哪里来？前思后想，只能贷款。他找到林业局的薛建华商量，想让他做担保人，从信用社贷款500万元，投入农田改造中。云文龙知道后，拿出27万元，帮助父亲实现梦想。

云二召在农田基本改造完成后，打了农灌井，修复了塘坝和小型水库，铺设管道，硬是为2000多亩地铺设了滴灌设施，还实现了机械化。云二召手上经常捧着农业科技书，还四处向农技专家拜师学艺。只要在田间地头搜罗到新品种，他就如获至宝，种到自己家的地里。头一年，他用大型机械播种土豆，大获成功。

第二年，云二召尝试种植甜玉米。他沿着窄窄的田埂走进玉米地，大半个身子埋在玉米丛中，把叶片捧在手心里，又把头探向玉米秆底部，细细观察滴灌的情况。汗珠顺着他的面颊流下来，他长出一口气说："长得好着呢。"正如他所望，玉米获得大丰收。

就这样，云二召硬是从一名拖拉机手，历练成村子里响当当的种粮能手。

只见远处抽穗的玉米和开花的大豆交错排列着。已到晌午，云二召的身边还围着许多人。

"二召，你为啥把玉米和大豆种在一起？"

"这是套种。良种配良法，才有好收成。大豆能够固氮养地，地更有劲儿，还能少施化肥。玉米不减产，多收一茬豆，收入肯定错不了。"

"二召，你快去给我看一下，我地里那个玉米的叶子怎么那么干巴呀？"

"二召，套种大豆，行距多少能高产？"

找云二召问问题的人、学技术的人多着呢！他耐心地回答，手把手地教。他感到带着乡亲们多种粮、种好粮，成就感是满满的。

村里人说："只要有了好种子，二召就把自己也一块'种'到农田里去了。"

只要种子撒进地里，云二召每天不是在农田里观察侍弄庄稼，就是奔波在田间地头指导别人种庄稼。只要脚踩在泥土里，他的心里就格外舒畅。

云二召的付出有了回报,有人看着眼红,以大坪的土地问题,破天荒地把他给告了,并且是告到了自治区纪委。很快,调查组进村来调查此事。

调查组了解到,以前分草地的时候,都是按片分。云二召耕种的大坪的2000多亩土地是从三个村流转来的。以前草场退化,种草都种不活。后来,云二召贷款500万元,通过打井,配套水利设施,铺管上滴灌技术,将旱地改造成水浇地。通过治理,建成高标准农田,这是与他良性循环的绿色种植养殖理念分不开的。

云二召对调查组的人说:"这些年,赶上种粮的好时候了。好政策一个接一个,种粮补贴更高了,最低收购价也抬高了,还有农资补贴,乡亲们劲头可足了。农民种地不养牲畜是不行的,我们追求的是以畜养田、以田养畜,良性循环的绿色种养产业。下一步我还准备养100多头牛和8000多只羊,它们所产的肥,按每亩3立方米施肥,就可以满足这2000多亩土地的用肥了。"

调查组的人说:"你的想法很超前,符合现代农业的发展思路,我们鼓励种植养殖大户。"

云二召的想法和做法得到了大家的认可。

第三篇　脱贫致富篇

第四章

父亲的召唤

绿色掩映下的鱼塘，静静地卧在夕阳中。远处的青山，衔着红彤彤的落日，一起把影子倒映在水面上，闪动着粼粼波光。喜鹊伫立，乡村宁静平和的气氛给人恬淡温馨的享受。

云文清呆呆地坐在鱼塘边，望着满天的星星，听着鱼塘里鱼儿跳跃的声音，陷入说不清楚的思绪中。这思绪是混乱而飘浮的，也是幽深莫测的。他突然感到在这个四面环山的青豆沟村外面是另外一个世界。他想进入那个世界，看看那里的人们是怎样生活的，是不是比村子里的人生活得更好、更幸福！顷刻间，生活的诗情画意充满他年轻的胸膛……

当时，农村弃学、弃教的人越来越多，很多家长和学生认为，读书是无用的。这是制约农业健康发展的重要因素。农业要想发展，必须培养有知识、懂技术的现代化农民。

"大哥，赶快回家吃饭了。"远处传来的呼喊声，打断了云文清的思绪。

窑洞里，靠南墙盘着炕，靠北墙放着一个红躺柜，那是父母结婚时打制的，在他的记忆中，那柜子一直放在那里。当坐在炕沿上，端起那碗酸饭的时候，他才回到现实生活中。我只是一个蒙古族后生，与别人没什么不同。想要走到外面的世界，只能勤奋读书，考上学校，跳出农门，寻找机遇。

大多数家庭都会很苛刻地要求老大，希望老大能做弟弟、妹妹的表率。云文清作为家里的长子，一直被这样教育着。在父母的影响下，云文清早早就懂得生活的艰辛，知道为家里分忧。当时，父母对他们兄妹上学的事并没有寄予太高的期望，而是每天督促他们下地劳动。云文清低头看看坐在小板凳上的云文龙。弟弟比他小三岁，个子却不比他矮。弟弟像自己一样，从来没有在外面好好玩过，每天放学回来，不是割草，就是喂羊、捅树、垫羊圈、起牛粪，很早就成了父母的好帮手。他常常想起，数九严冬，寒风凛冽，他们的心里却像着了火一般焦灼。他们不用父母督促，天再冷，也会上山搂柴，因为搂不回来柴，母亲就无法烧火做饭。他想的更多的是，如果自己去上学，弟弟一个人在家，就会有做不完的营生。

云二召低头吃着饭，面无表情，但他脑子里转着村里的事情。他对三个孩子要求都很严格，他们做错了事情，轻则骂、重则打，孩子们都很怕他，反倒跟母亲更亲近些。

云文清起先在村里读小学，后来去五良太乡上中学。当时仅13岁的云文清，身强力壮，俨然一个成熟的庄户人。他吃苦耐劳、坚韧不拔的精神，都是在儿时艰苦的生活中磨炼出来的。

16岁那年，云文清考上了内蒙古纺织技工学校。当时报考这一学校的原因是毕业后包分配，能进国营单位上班。他第一次走出家乡，走进了城市。

三年的寒窗苦读，终于迎来毕业的那一天。云文清被分配到毛纺厂工作。后因厂子不景气，他下了岗，在社会上打拼。他起先去保安公司报名当保安，当时还得缴600元作为伙食和服装的费用。培训一个月后，他被分配到呼和浩特科林热电厂当保安，每月工资220元。半年以后，他调到金川开发区的一家管道公司当保安，每月能挣600多元。

一年后，一位物流公司的经理对他说："我看你当保安没有奔头，你来我的物流公司干吧。"

云义清来到物流公司，先开叉车、当保管，后当部门经理，在公司干了6年。当时说好每年的工资按绩效下发，但是一到年底就被克扣了，拿到手的钱还不够养活自己。

2008年，云文清离开了物流公司，自己开了一家物流服务公司，承揽物流业务，一年挣了10万元，这才出现了人生的转机。

同年，云二召在康堡村成立了清水河县裕丰农牧业科技开发服务有限责任公司。2009年春，业务还没来得及开展，他就因胃癌做了胃切除手术，身体恢复得不是很好。

2010年，正当云文清的物流公司越办越好时，父亲将他叫回村，说："我因为身体原因想辞职，和乡领导都说了，他们不同意，但是我的身体还得恢复恢复。村里条件不好，乡亲们还比较穷。你在外面闯荡，也做不成个事儿。现在，村里缺一个致富带头人，我想让你回村，牵头做点事，帮助乡亲们脱贫致富。"

云文清说："我的事业才刚刚起步，还不想放弃，你容我再考虑考虑吧。"

云二召说："我当了一辈子农民，打心眼儿里觉得种地很光荣，也有奔头。农民离开了土地，就像墙头草，心中空，不踏实。"

云文清回来后在鱼塘边进行了一番思考。一个家庭的温馨是用母爱熬制的，而一个家庭的稳固是用父爱搭建的。当一个家庭出现经济问题时，所有的压力都指向男人而非女人。云文清感觉父亲就是支撑起这个大家庭的男人，父亲承受着一切压力，挺起硬生生的脊梁，挑起社会责任，挑起家庭重担。父亲一直吃苦耐劳。16岁就到工程队干活，大集体时有了大胶车，他就当上了车倌，赶着胶车拉运货物。1976年，父亲过浑河时遇到洪水，腿因泡在洪水里时间过长，落下静脉曲张的毛病。2009年，父亲得了胃癌，将胃切除了三分之二。为了减轻父亲的顾虑，他们都向他隐瞒了病情。做完手术后，父亲需要化疗，但他们只给他吃了口服的化疗药。为了父亲的身体健康，他只能留下来帮他。透过城市生活的镜面，他似乎更看清了已经生活了20多年的村庄。在这个他熟悉的地方，许多有意义的东西突然在他的心中鲜活起来，甚至让他觉得弥漫在村子上空的羊粪味儿闻起来都别具一格。但是他还是舍不得扔掉辛辛苦苦打拼的事业，于是他决定两头跑，边在呼市开公司，边帮父亲干事。

直到2013年，云文清最终关了物流公司，回到了康堡村。他寻思：干农业就干农业，不能像老一辈那样任由庄稼种在地、成在天。自己读了不少书，不信干不出个名堂来。他帮助父亲联合五家农户，注册成立了清水河县蒙瑞丰种养殖专业合作社。他购买了农具和机械，在父亲承包的510亩土地上种马铃薯、玉米，当起了地地道道的农民，成了年轻人回乡创业的典范。

在云文清眼里，父亲是一个平凡的人，但他做的事并不平凡。父亲的一言一行都影响着他，父亲那助人为乐、汉蒙一家亲的精神，在他的身上得到传承和发扬。每到春耕时节，无论自己有多忙，云文清都要抽出时间帮助没有农机的村民，义务耕种300多亩地，这也是父亲影响的结果。

2020年，清水河县成立内蒙古中清农业发展有限公司（以下简称中清公司），聘请云文清担任董事长，肩负起全县农业发展的重任。中清公司的屠宰场、阳光玫瑰种植基地都建在康堡村。云文清在农业发展过程中，不断探索着新路子。

第五章

蒙瑞丰种养殖专业合作社

栽下梧桐树，引来金凤凰。青豆沟村党支部按照县、乡两级党委和政府的决策，创新发展思路，因地制宜，打破村域界限，积极扶持合作社种植养殖大户发展生产，搞设施农业建设。在大力完善基础设施、便民惠民、提高服务保障水平的前提下，重点支持本村蒙瑞丰种养殖专业合作社，打造品牌产业。村民们在家门口务工增收。村委会入股合作社，持续增加了村集体的收入。

2013年，在云二召、云文清的牵头下，以"带动县域经济，富甲一方百姓"为宗旨，组织五户农户，成立了清水河县蒙瑞丰种养殖专业合作社。合作社遵循"为养而种，种养结合"的理念，贷款135万元专注打造良种牛、羊繁育基地，还流转土地2000多亩种青贮玉米。合作社一年四季源源不断地为清水河县各乡镇优惠输送优质种羊和种肉牛，供不应求。

一

走进蒙瑞丰种养殖专业合作社万羊繁育基地，看到彩钢棚圈高大宽敞、一眼望不到边。现有基础公羊、基础母羊和羔羊8000多只，主要品种有萨福克、杜波和湖羊，其中以湖羊最优。湖羊最大的特点是杂食、产量高（母羊一年四季都下崽），而且不容易生病。笔直的水槽里，每隔一段就放置着一块淡粉色、透明的咸盐舔块。不绝于耳的咩咩声，仿佛奏起和谐悦耳的协奏曲。棚圈里母羊、羔羊挨挨挤挤地卧在荫凉处，羊妈妈们有的舔舐护卫着自己的双胞胎心肝，有的亲昵地喂食着三四胞宝贝。只只羊羔眼眸纯净，毛色鲜亮，膘肥体壮，温顺安静，这是精心饲养的结果。在棚圈里，母羊、羔羊挨挨挤挤地站在食槽前准备就餐。饲养员周增明把草料装上三轮车准备"上餐"。他是一位55岁的打工者，经验丰富、吃苦耐劳。这里管吃管住，月工资是5000多元。他对自己的工作十分满意，已经在这里待了很多年。如果基础公羊和基础母羊长得好，小羊羔就繁殖得好。这里还有一棚羊分外引人注目，它们体态壮硕，长着黑色的头、黑色的四肢和白色的躯体。这种羊原产地在澳大利亚，体重能长到140斤左右，产量高，肉质细嫩，适应性强。

为了鼓励村民养羊，蒙瑞丰种养殖专业合作社与清水河县协调，实行给养殖大户发放种公羊的办法：养殖户养10~40只羊的，给一只种公羊；养50只以上的，给两只种公羊。在种公羊受到损伤的时候，合作社通过保险方式，再免费送一只种公羊。这种方法的实施，可以保证村里的肉羊品质越来越好。合作社还实行了非常农业种植，即每年春耕时节义务为没有劳动力的农民代耕代种。农闲时，村民们还可以到合作社打季节工，增加一笔可观的收入。

实施乡村振兴战略，产业兴旺是基础和关键。万羊繁育基地的建立不仅让农民得到实惠，也让村集体有了收益。青豆沟村委会入股蒙瑞丰种养殖专业合作社繁育基地，每年村集体可分红8万多元，还帮助周边养羊户以更高的价格出售肉羊。

二

2015年，蒙瑞丰种养殖专业合作社开始发展肉牛养殖，用肉牛来改良产业。合作社的主要品种为西门塔尔、夏洛莱、安格斯肉牛，每年养殖400多头，收益在400万元左右。

在停满大型农机设备的养牛场，只见通体黑亮的安格斯肉牛和米白相间的夏洛莱、西门塔尔肉牛，还有些小牛犊。有的咀嚼着草料，有的悠闲地打着盹，有的甩着尾巴安卧一隅。见有人来，它们立刻起身簇拥在一起，寻求安全感。合作社通过规模化科学饲养管理，每年带动就业20余人，发放薪金30余万元，解决了闲散劳动力的就业问题，对迅速增加农民收入具有现实意义。

牛粪、羊粪是最安全、最好的有机肥，用有机肥生态种植的蔬果越来越受到人们的欢迎。圈里的牛粪由小型机器推到外面放到车上，直接运到地里。合作社贯彻"为养而种，种养结合"的理念，养殖规模不断扩大。云二召在世时，曾算过一笔账：这100余头牛和8000余只羊产的肥，按每亩3立方施肥，可以满足大约2000亩土地用肥。他说过，种地和养殖是互补的。种地不养牲畜不行，养牲畜不种地也不行，只有既种地又养牲畜，才可以实现"以畜养田，以田养畜"的设想。合作社还计划建设有机肥厂，就地消化牛粪、羊粪，用有机肥种植玉米，形成良性循环的绿色种养产业链。

在肉牛养殖场放置机械的场院内，一台台农业生产机械摆放得整齐有序，有大小型拖拉机四台，马铃薯播种机、中耕机、收获机、打药机、玉米播种机、打捆机、自走式粉碎机、撒肥机、联合整地机等。这些机械总造价达200万元，基本上实现了从种植到收获的全程机械化。机械化作业数量的增加，既节省劳力，又提高了劳动生产效率，也实现了经营利润的增加，这是小规模经营和落后耕作方式所不能实现的。

在这些红红绿绿的大小机械中，那台彰显着一个时代的精神的"铁牛55"拖拉机分外引人注目，那就是云二召一生挚爱的"宝贝铁疙瘩"。30多年沧桑岁月，这台"铁牛"陪他叱咤风云、纵情田野，将希望的种子埋进土地，把富裕的梦想放飞远方，为青豆沟的发展和繁荣立下汗马功劳。如今，"铁牛"虽退守场院一角，尽管周身的红漆已脱落，且锈迹斑斑，但4个漆黑的胶轮和铮铮铁骨之身，不失当年威风，仍以满身风尘讲述着青豆沟人曾经艰苦奋斗的故事，见证着村子日新月异的变化。

青豆沟村立足实际，创新发展思路。一方面积极扶持蒙瑞丰种养殖专业合作社，依托原有的万只养羊设施，与龙头企业内蒙古赛诺种羊公司展开合作，建立优质肉羊扩繁基地，村委会参股委托经营。另一方面对有养殖意愿、养殖条件、养殖技能、有劳动能力的农户（贫困户）采用"公司+村委会+农户（贫困户）"的形式，带动整村，辐射全县，推进肉羊改良。

2020年，青豆沟村荣获自治区"民族团结进步示范村"，奖励135万元。次年，村委会将这135万元投资到蒙瑞丰种养殖专业合作社，进行100头肉牛养殖，按6%增加集体收入；又将135万元（2020年市委组织部帮扶的125万元、警备区的10万元）用于发展集体经济，每年集体收入16.2万元。村集体将收入的32.4万元投入基础设施建设。

青豆沟村发展农村集体经济不盲目，让有经营理念、专业知识和管理能力的合作社参与市场竞争，抵御风险。村集体采用土地或者资金参股的形式发展壮大集体经济，以此带动村民在家门口实现就业，增加收入。这无疑会让村集体稳步实现既"绿"又"富"的愿望。时间，会作出最公正的回答，让我们拭目以待。

第三篇 脱贫致富篇

第六章

难以辜负的重托

俗话说：火车跑得快，全靠车头带。村干部就是一个村庄的"火车头"。一个村庄的管理和发展水平如何，首先要看村干部的带头作用发挥得怎么样。

村党支部书记、村主任是村里的"领头雁"，每3年一次的换届选举是村子里一件非常重要的事情。2018年，是青豆沟村"两委"换届的年份。

吃完早饭，云二召从窑里走出来，站在自家的院门前。他佝偻着身子，失神地望着黑乎乎的山川。山，依然像他年轻时一样，可他已经老了。他一边向村委会走去，一边想着心事。

2009年，云二召做完胃癌手术后，因为整天忙于工作，生活不规律，肚子经常隐隐作痛。他虽然不满60岁，但已经担任村支书近30年了。如今，村"两委"要换届选举，他准备退下来，可是由谁来接自己的班呢？很多人认为，他的二儿子云文龙最适合，理由是云文龙自小在村里长大，虽然学历不高，但是跟着父亲摸爬滚打，早已成了种植养殖的行家里手。也可以说，云二召一生的理想信念在潜移默化地影响着云文龙。在其他村，也有村支书的儿子接班的，这不是什么新鲜事。但云二召认为，云文龙还不成熟。最后，他把这件事交给新来的驻村第一书记云文俊，他认为云文俊工作认真负责，积极肯干，能力又强，肯定能为大家选出好的接班人。

云二召来到云文俊的宿舍，敲敲门，走了进去。云二召一边捅火炉子一边说："组织建设，选人用人是关键。我因身体原因，想退出选举。这次以换届为契机，选好带头人，配齐、配好村'两委'班子成员的任务就交给你了。"

云二召说完，没等云文俊发问，就提起地上的尿桶、端上炉灰，向驻村工作队队员的屋子走去。

云文俊接到任务，马上起床，心想：每天老书记来给捅炉子、倒尿桶，太过意不去了。他的身体不好，老伴也病了。既然提出不参加选举，我就先了解一下情况。我该先找谁呢？对，去找杨海元。他是村里党龄最长的党员，曾当过村支书，一直住在大库伦村，对村"两委"的情况比较了解。

吃完早饭后，云文俊就去拜访杨海元，想听听他的意见。

云文俊走进石窑的时候，杨海元正坐在炕头上。他看到有人来了，急忙从身边拿起一个盒子，将助听器戴上。他快90岁了，除了耳朵有点背，看上去红光满面，身体健康。

云文俊寒暄了几句，询问了他的身体情况，然后直奔主题："今年村'两委'要进行换届选举，云二召因为身体原因想退出选举，我来找您是想听听您老人家的意见。您觉得咱们村里还有谁能挑起这重担？"

杨海元听清楚了他的来意，语重心长地说："还得让二召干呢，他虽然文化程度不高，但是思想觉悟高，为人正直，办事公道，没有私心，能全心全意为人民服务。"

云文俊说："您忘了？他身体不好，想退出选举。"

杨海元说："他患有胃病，已经快10年了，这种病要慢慢养着。村里的大事小情真离不开他。现在有你这个好帮手，他还是能够为村民服务的。"

云文俊从杨海元家出来，又去找了几名党员、群众和贫困户征求意见。他们的看法居然是一致的。

"云二召是我们最佩服的书记，也是少数民族村干部，做事公道，民族关系协调得好。"

"他的心里有村民，谁有困难就帮助谁，敢作敢当。"

"他能带领村民共同致富，大公无私，起到引路人的作用。有这样的好书记，是我们青豆沟的福气。"

乡野长歌

....

  云文俊感触颇深。近30年的村书记一路走下来，云二召不搞虚假，讲求实效，一心为民，在村民心中树起特别高的威信，一种敬佩之情油然而生。云文俊决定将掌握的情况向乡党政领导汇报。他得到的答复是，一起给云二召同志做思想工作，希望他不要辜负乡亲们的信任和重托。

  青豆沟的村民们听说云二召要退出选举，呼啦啦地拥进村委会，拉着他的胳膊痛哭流涕地说："云书记，你是我们最信任、最依赖的人！你不干了，我们就没有了主心骨和引路人，觉得没奔头了。"

  特别是和云二召共事多年、资格最老的陈有小拉着他的手，流着眼泪说："我1975年就当生产队队长了，在青豆沟村委会也是'三出三进'。如果不是你当了村书记，给我做工作，让我参加村委会委员选举，我就当不上村委会副主任。你不干了，我们就没方向了。我们信任你，你不能丢下我们不管。"

  云二召看着熟悉而亲切的乡亲们落下泪水，多少个和村民们一起打堰淤地、造林治沙、种地养殖的日日夜夜浮现在他的眼前，一种责任感和使命感油然而生。他热泪盈盈地说："你们离不开我，我更离不开你们！谢谢你们对我的信任。"

  经云文俊几次登门拜访，最后，云二召说出了他的心里话："我不是不想为村里工作，一来我确实身体不好，怕耽误了工作；二来我是不愿意与那些不办实事的人为伍。我不管别人咋做,我和新来的驻村工作队一定要实事求是地做好工作。"

青豆沟村"两委"的换届选举是分别进行的。他们严格执行村民委员会选举法。2018年6月,村党支部选举时,在村的29名党员全部参加,云二召以全票当选书记。8月底,村民委员会选举时,为了便于800多名选民参加选举,他们将10个自然村分为3个选区:前、后阴畔和大库伦村;康堡和波波代、七墩窑、达赖哈达村;前窑、后沟和碾房沟村。3个选区各设1个选举投票箱,此外另设1个流动投票箱,哪个选区有行动不便的选民,有专人负责上门收集选票。村民依法参与投票,云二召又以全票当选村委会主任。

经过先后两次选举,历时两个月,青豆沟村"两委"换届顺利完成。

一种对别人或许也是对自己的怜悯,使云二召心中泛起一股酸楚和苦涩。他迟疑过后,还是答应了乡亲们的请求,继续坚守在村支书和村主任的岗位上,像一把燃烧的火炬,继续发光发热,直到生命的最后一刻。

第七章

军民连心楼

　　青豆沟村党群服务中心办公楼的三角形楼顶上有一枚鲜红的五角星，中间的电子显示屏上有一行红色大字"不忘初心、牢记使命"，下面的门头上挂着一块牌匾，上书"军民连心楼"。这座楼颇有特点。它坐北朝南，正门冲北开。从北面看是一层平房，从南面看却是一座二层楼。这究竟是怎么回事呢？

　　这要从村委会旧办公室的改造说起。

　　2018年，村委会只有会议室和三间小屋，破烂不堪。尤其到了冬天，因为没有门斗，西北风一刮，直冲屋里吹，冻得人瑟瑟发抖。村干部很少来这里办公，大家有事情都是到云二召家商量。

　　2018年3月28日，青豆沟村委会副主任陈有小把新派来的驻村第一书记云文俊接到了村里。他们走进村委会办公室，立刻感觉犹入冰窖。村委会办公室里只有一桌、一椅、一个炭桶。屋子里虽然有火炉，但是没有一点儿烟火气。

云文俊看到墙上挂着一组暖气片，便伸手去摸，一摸才知道是冰凉的。

云文俊不解地问："屋里有暖气为什么不烧？"

陈有小说："电暖气费用高，用不起。"

云文俊又问："你们平时上班不烧火炉子？"

陈有小说："老书记病了，老主任退了，我们就剩下两个人，平时有事就去老书记云二召家商量。我先去找块炭，把火炉子生上。"

陈有小是青豆沟村委会资历最老的人。他于1953年出生，碾房沟村人。初中毕业时正逢"文化大革命"，他便辍学回村参加劳动了。1975年，他在碾房沟当上生产队队长。后来，他在"万亩滩"会战中，当过统计员。他在青豆沟村委会曾"三出三进"，当过民兵连长、炊事员、村委会副主任等。

云文俊在冰冷的屋子里来回踱步。他那满怀的热情和希望，似乎就像这间屋子一样降了温。

他想起自己临行前写下的一首诗：

华发不改青春志，
岁月难泯赤诚心。

国有急需当挺力，

民若困苦尽帮扶。

他在心里一遍一遍地默念着这首诗，那满腔的热情和斗志似乎将自己裹得紧紧的，一时间忘记了寒冷。

陈有小生着了火炉子，屋子里的寒气渐渐散去，天色也渐渐暗了下来。

云文俊说："你回去吧，我连夜赶回呼市，取些东西，明天一早再赶回来。"

陈有小望着绝尘而去的轿车想："这个云书记是来干事的，还是来走过场的？"

第二天早晨，云文俊返回村里。他拉来好几个纸箱，里面装着锅碗瓢盆、火腿肠和方便面等一大堆东西，一看就是打算在这里长期驻扎的。他这一驻村，就是三年。

驻村期间，云文俊得到村支书云二召的信任和支持，并与村委会一起做了许多事情，其中就有建军民连心楼这件事。

2019年，呼和浩特市警备区作为青豆沟村的包联单位，给村委会投资5万元，修建了锅炉房和党员活动室。

有人说："建啥锅炉房，建了也用不起。"

云文俊不解地问："为啥这么说？"

那人说:"就像一个穷人,别人送他一辆好车,他想用,可是连油钱都掏不起。"

云文俊说:"原来如此啊!我们现在把它建起来,不仅要用得起,还要物尽其用。"

云二召很支持,说:"我们选好盖锅炉房的地方了,要做就做成个样子。"

锅炉房建得很像样,根基有两米多高。旧房和新房衔接起来,上面和旧房齐平,在二层建了党群服务中心。锅炉烧的是蓝炭。蓝炭需要贮藏,便建了库房,库房下面有地窖。

为了建成党员活动室,云二召既当规划者,又当施工员。在地面需要修整摊平时,他就开来自家的装载机;在缺电线或水龙头时,他就从自家拿来。

青豆沟村委会所在地康堡村只有东面和西面各一盏路灯。

云二召天天监工,工人们的执行力特别强。不到两个月,锅炉房就盖好了。

他们所选用的锅炉,环保、热耗低、热量高,加一次炭三天不用管,两天掏一次灰,成本低,实用性强。

10月28日点火时,县领导下来视察,呼和浩特市警备区孙司令和清水河县武装部领导也一起来了。

参观完锅炉房,孙司令高兴地对云文俊说:"我们就给了5万块钱,你们就把锅炉房建成了。看来你们这里的班子能打硬仗,是一支能打硬仗的队伍。"

云文俊说："孙司令，明年能不能加大一些扶持力度。我们想把村委会的房子翻修一下。"

孙司令说："好，你把想做的事做好，钱，我来想办法。"

云二召站在孙司令身边，高兴得合不拢嘴，一个劲夸云文俊是个干事业的人。

云文俊说："我们都姓云，我是组织上派来辅助你的，听说你不想干了？"

云二召说："我身体不好，想干满这届就退了。"

云文俊说："我从村里了解了一下情况，大伙都想让你继续干呢！我来了，你怎么能退呢？"

云二召说："行，下届如果再选上，我就和你一起把村子里的事情办好，直到你回城的那一天。"

在选举中，云二召毫无悬念地连任了。他一如既往地认真地做着工作，受到了人们的尊重。

当时，云文俊和驻村工作队队员都住在村委会。屋里盘着炕，冬天烧火炉子。云二召起得早，起床后的第一件事就是来村委会把他们住的房里的火炉子捅着，顺便把捅下的灰和驻村工作队队员的尿桶提走倒掉。云二召像父亲一样照顾着他们。没想到这位慈爱的老书记会突然离世，工作队队员们非常悲痛，像丢了魂似的，一时间没有了主心骨。

2020年，呼和浩特市警备区帮扶了60万元，继续打造青豆沟村委会便民服务中心。没想到在建便民服务中心的时候发生了矛盾。

村委会西边住着村民赵满（化名）。当时，他们准备将村委会的新楼和旧房衔接起来。在测量时，他们发现赵家的院墙占了村委会的地。如果村委会的新楼南北方向取齐的话，就得拆赵家院墙的一角。赵家的院落已有20多年了，经过多次协商，赵满就是不同意拆。包产到户后，哪怕是让出巴掌大的地，村民也觉得像是在割自己的肉。

村民们知道这件事后，义愤填膺，有的村民甚至主张强拆院墙。

云文俊坚决不同意强拆院墙，说："老云书记虽然离开了我们，但是我还记得他说的话。我们要让利于民，不与村民起纠纷。"

最终，只能将村委会便民服务中心两平方米多的、四四方方的墙角，做成了错位。

总建筑面积960平方米的村委会办公楼建好了。这座楼集会议室，党群活动室，民兵、监委会、妇联办公室，医疗卫生室，农畜防疫站，村史馆，电商超市，青村驿站，冲水厕所，惠民浴室，便民食堂，村"两委"办公室，驻村工作队队员宿舍等于一体，还增加了锅炉设备，保证了冬季取暖。云文俊书记以"军民连心楼"为它命名，还做了牌匾挂在门头上。

对面的小广场上，依山绘刻的白云、蒙古包等深棕色浮雕散发着浓浓的民族气息，广场上健身器材依次排列。路旁的花坛里金针、菊花、茶花姹紫嫣红,争奇斗艳。

军民连心楼就是一个敞开大门的,全心全意为人民服务的党群服务中心。

这里是青豆沟最具人气的地方,这里充满了团结友爱、严肃活泼的气氛。

军民连心楼耸立在康堡村的村头,耸立在016县道的路边,来往的车辆和行人都能一眼看到它。

它是一个象征,也是一块里程碑。

第八章

护林队长

这片地以前是光秃秃的黄土地，现在是漫山遍野的油松，这是青豆沟村几代人经过封山禁牧、退耕还林换回来的。

云二召爱树在青豆沟村是出了名的。除了带领乡亲们植树造林，他还尽心守护着这片生态林。无论严寒酷暑，他几十年如一日，和护林员一起守护着这片绿水青山，为保护五良太乡良好的生态环境，付出心血和汗水。

2000年，清水河县开始实施退耕还林工程。青豆沟村的大量坡耕地变成林地，林草茂盛。因为林木众多，放牧毁林、盗伐滥伐现象时有发生，这一带也成为重点防控区域。

云二召积极协助林业局工作，放下手中的农活和村委会的工作，与森林公安一起查处案件、登门宣传教育、扑灭林火,甚至半夜参与堵截偷运木材的车辆的行动。当时,生活不太富裕的他经常为森林公安提供食宿。由于他的出色表现,2003年他被聘为五良太乡护林队队长,从此踏上森林护绿的新征程。

巡山的第一天,云二召站在高高的石塘山上,望着自己的防护区域,一种自豪感油然而生。他决心当一名优秀的护林队长。

清乾隆年间,这里有蒙古族居住,并取名"五良什太",系蒙古语"有杨树的地方"之意。新中国成立后,人们习惯称之为"五良太"。五良太全乡总面积281平方千米,其中林地保存面积23万亩,森林覆盖率35%。五良太乡有护林队员20多人。为了让他们明确责任,各负其责,云二召以五良太乡境域内的沟和梁为标记,划分责任区,明确任务。

护林员的主要任务是负责巡查重点区域火情,制止乱砍滥伐、林地放牧的现象,巡查林木病虫害情况等。护林员每月只有900元的工资。

云二召每天都会按时巡山。每逢冬季干旱少雪时,森林防火形势异常严峻,因此他要求护林员每天加强巡查。节假日也是森林防火重点期,护林员们终日坚守在自己分管的区域内,自带干粮,风餐露宿。

云二召要求护林员每天都要写工作日志,将每天的天气情况、巡山状况记录下来，及时发现问题、解决问题，增强护林员的责任感。每到防火戒严期，为巡查火情隐患，云二召每天都会在这条路上往返好几次。

云二召要求护林员不仅要护林防火，还要做好其他防护工作。他们要检查树木病虫害的情况，着重检查地下"瞎老"，因为它们会咬断树根，一旦发现，要及时反映给森防站。因林地里一些动植物可以入药，所以他们还要防止不法分子乱采乱挖、破坏植被。他们还要摸清住户家里坟地的位置，上坟时，坚决杜绝烧纸的情况发生。

为了防范火灾，他们整天奔波在防火的路上。如果发现隐患，他有时脾气很大，会严厉地教训一番；有时又和风细雨，动之以情，晓之以理。

云二召最初是步行巡山，随身带着一把铁锹，随时维修护林道路。后来是骑摩托车，穿着烂棉衣，带着灭火器四处跑。他先后骑烂了三辆摩托车，其中有一辆是向朋友借的。2005年，他家里条件好转一些，便买了一辆皮卡车，在车门上喷上"森林防火"字样，专门用于护林。他夏天带着干粮，冬天天短就不吃饭，早出晚归。海红果、人接杏等经济林的果实成熟时，经常会有人来采摘。这一时期，为了能及时发现火情，他甚至晚上不回家，直接睡在树林里。

无论是雷电将松树林的草地燃着，还是村民烧荒、上坟烧纸引起火灾，20多名护林员都会在云二召的带领下，变身消防员，想方设法扑灭山火。

每年，云二召还要进行护林情况互查。东、西两边的护林员互换，检查对方的护林情况，看有没有树被山羊啃咬的情况，发生没发生过火情，有没有发生病虫害，有没有乱砍滥伐等现象，表现好的表扬，表现差的罚款，起到了很好的督促作用。

五良太乡东西长约50千米，南北长约30千米，林地面积也很大。为了守护好这片林地，所选护林员都是经验丰富、责任心强、热爱护林工作的人。

除了做好护林工作，云二召还会不失时机地将自己的想法反馈给上级领导。

有一年，领导来到青豆沟村委会，了解青豆沟森林防火和禁牧的情况。

云二召向领导汇报说："森林防火年年都在防，但不动真格的。如果哪天我们这里失了火，一场大火就烧到山西去了，那样的话，离北京也就不远了。"

领导说："这里离北京几百公里呢，怎么就能离北京不远了？"

云二召说："年年造林林连林，没有隔离带，一旦烧起来，不就烧到山西去了吗，离北京不就不远了。"

领导说："你这么一说，真说在点子上了，我回到县里就安排在林地建隔离带的事宜。"

云二召是村支书、村主任、护林队队长，身兼数职。他没有因为护林工作而耽误其他工作。他把所有的工作,包括家里的事情,安排得有条不紊。他每天早上五点起床,借着月光或晨曦给几十头牛羊添草喂料。当别人家冒起炊烟的时候,他已经到村委会处理各种事务去了。在护林防火的重点时段,他便已经骑上摩托车或开上皮卡车,踏上了护林巡山的道路。

在去世的前几天,云二召开着装载机将村里的几段土路垫平。他怕过年回家探亲的人把车颠坏了。每年春、秋两季,他义务给村里修路,已成惯例。

清水河县森林公安局的付忠堂和云二召一起工作时,经常看见他用手按压肚子,就劝他去医院检查一下。

云二召说:"每逢腊月,干旱少雪,防火形势异常严峻,每天有大量的巡护工作,等我忙完再去。"

付忠堂知道,他永远也没有忙完的时候,他的愿望就是改变家乡的面貌,让乡亲们过上好日子。

云二召去世的前一天,林业局来了三个人检查森林防火工作。中午,云二召把他们请回家吃了饭。下午,他开着皮卡车去巡山,从侯家窑油篓山、马鞍山、石塘山一路回来,长达35千米。那天,风很大,他穿得少,着了凉。晚上10点多钟回家后,他感觉肚子疼,以为是老毛病又犯了,想硬挺过去。

半夜一点多钟,云文清接到电话,是村医王焕打来的。

王焕说:"文清,你爸又肚子疼了。"

云文清问:"你在哪儿呢?"

王焕说:"在你爸家里呢。"

云文清打电话通知了弟弟云文龙。

兄弟俩到家时已是深夜两点多了。他们看见父亲睡着了,不忍心打扰他,就坐在沙发上说话。

过了一会儿,云二召又疼醒了,兄弟俩急忙送他去呼和浩特市,到了医院已是早晨五点多钟。

检查结果出来后,急诊医生说:"应该是术后造成的肠粘连,估计是肠梗阻,先灌个肠,之后再做进一步检查。"

医院门诊部上班后,医生说需要做检查。云文清将云二召推进CT室。

上检查床前,云文清说:"爸,你把腿欠欠。"

前后一分钟,还没上了CT的检查床,云二召就撒手人寰了。

云二召当护林队队长16年,跑遍了五良太乡的每一座山,检查过每一处细小的隐患点。为了宣传森林防火和封山禁牧政策,他走遍了青豆沟村每一户人家。

自从当上护林队队长,云二召基本上每天都不着家,开上皮卡车漫山遍野地跑,精心守护着23万亩林地。在他的管护下,树活了不少。他所管辖的林区没有一起乱砍滥伐事件发生,更没有乱杀野生动物的事情发生。

云二召多想和其他护林员一起守护这绿色家园啊！可是他却长眠于地下了。他生命的最后一天，永远定格在最后一次巡林工作情况汇报上……

云二召是一个把护林看作比自己生命还重要的人。

第九章

薪火相传

云二召活成一把熊熊燃烧的火炬,温暖着乡亲们的心,指引着青豆沟村前进的方向。当这把火炬熄灭的时候,青豆沟村的人慌了。他们面临着一个严峻的问题:云二召突然离世,谁来接替云二召继续带领乡亲们前进?

2019年4月23日,在青豆沟村委会的会议室里,驻村第一书记云文俊主持召开了支部党员大会,在村的党员全部参加会议。会议主题是选举青豆沟村的支部书记。

党员们说:"还选啥呀,就叫文龙当得了。"

云文俊说:"他生意做得那么好,肯干?"

党员们说:"我们都选他,他不好意思不干,他这人爱面子。"

云文龙买了一辆宇通客车，跑五良太乡到呼和浩特市南的公交线，当起了个体运输户。他还养了几十头牛，种了几百亩玉米。正当他的事业风生水起之时，父亲突然离去，改变了他的人生轨迹。

全票通过，大家一致推选云文龙为青豆沟村的新一任支部书记。1983年出生的云文龙如今已近不惑之年。他能当选，充分体现了大家对他的信任和期待。

出乎意料的是，云文龙并没有推辞，而是谦虚而诚恳地说："既然大伙儿信得过我，那我就干，脚踏实地干好每件事，改变咱们村的面貌。"

云文俊说："云文龙虽然读书不多，但从小爱劳动，肯吃苦，在农田基本改造、植树治沙、种植养殖和为人处世等方面，都得到了他父亲的真传，在农村也是真正的行家里手，我们要将他扶上马，再送一程。"

云文龙说："是啊！我一个人能干啥？得靠大家齐心协力。大家都是有经验的老党员，希望能多支持和帮助我。"

熄灭的那把火炬再次燃烧起来。这是青豆沟村委新的开始，也是一任书记接着一任书记，薪火相传、赓续发展的新起点，乡亲们拭目以待……

当上村支书的云文龙思绪万千，一边往家走一边想：过去守在父亲身边，并未真正体会过有多深的情、多浓的意，而今失去父亲才有了另一种感受。沧桑的背后是永远无法填平的内疚。生命中有多少本该珍惜的东西被我轻易丢掉了，再想挽回时，已错过机缘。在青豆沟村，我虽然年轻，也不及父亲，但还算有点能耐。怎么办？我该怎么向家人交代？

云文龙走到自家院子外的土坡时，脑子里还是一团乱麻，理不清头绪。等进了院子，他要把所有的思绪都斩断了，因为他要安抚家人的情绪。

红色的院门大开着，似在敞开怀抱迎接他。云文龙在院门口站了一会儿，让自己平静下来，然后轻松地迈开大步走进去。

奶奶、妈妈、媳妇、妹妹见他回来了，又惊又喜。男主人的突然离去，让她们失去了主心骨，还没有从最初的痛苦中解脱出来。此刻，她们把希望都寄托在了云文龙身上。以后，他就是家里的顶梁柱了，他不能辜负家人的希望。

奶奶问："你去村里开完会了？"

云文龙说："开完了。"

妈妈问："结果呢？"

云文龙说："选上了村党支部书记。"

媳妇喊道："你就那么想当官啊！"

云文龙说："当村里的老村委们拉着我的手痛哭流涕的时候，我突然明白了父亲当村干部的苦衷，盛情难却。村里不能没有主心骨、带头人。"

妈妈又问:"车跑得好好的,不跑了?"

云文龙说:"跑,雇个司机继续跑。"

奶奶又问:"家里的事儿,都抛下不管了?"

云文龙说:"管,有顾不过来的时候,请大家多包涵。"

云文龙看到家人的情绪稳定下来,就从家里走出来,站在院门外的土坡上向下看。他家的大门斜对着青豆沟村党群服务中心的大门,望着那几个鲜红的大字,他想:我一个普普通通的庄户人能有多少本事呢?我有信心把活干得比别人更好。只是媳妇带着两个儿子在和林格尔县上学,以后我就帮不上忙了,只能辛苦她了。家里幸好还有母亲为我排忧解难。

云文龙上车后,向养牛场驶去……

云文龙就住在养牛场里。屋子里有一炕一桌,从电脑屏幕的监控画面中,可以随时观察牛棚里母牛的生产情况。白天牛倌赶着牛去林地放牧,晚上几十头牛的身家性命就掌握在他的手里了,担子不轻啊!

云文龙万万没有想到,村里人会让他接过父亲手中的火炬,来完成村里人没有完成的事业。起初,他并不愿意,因为他很清楚,由于父亲的精明强干和吃苦耐劳,不到30岁就当上了村书记,一当就是30年。如今,他感觉自己书读得少,不能胜任,但村里的老者极力推荐。在选举中,他以满票当选村党支部书记,挑起了父亲的重担,把全心全意为人民服务的根本宗旨牢记心间,造福于民。

两个月后，云文龙再次参加了选举，当上村委会主任。云文龙虽然人长得粗壮，但做事从不靠蛮力。他对长辈很尊敬，从不计较个人得失，而且像他父亲一样，从不欺负村里的弱者。因此，他在村里很有威望，也能独当一面，将村里的事安排得井然有序。

云文龙精神抖擞地驾起村"两委"这辆马车。坐在驾辕的位置上，他绷紧浑身的肌肉和神经，吆喝着向前走。

青豆沟的几任领导都非常注重艰苦奋斗精神。能不能吃苦，几乎是他们选用干部的第一标准。重视吃苦精神，是青豆沟非常可贵的地方。青豆沟人一直是苦过来的，尽管他们早已熬出了头，但吃苦成了他们的一种传统。从云三三一代的"做煞大队"，到云二召的"零娱乐"，再到云文龙这一代年轻人，他们身上都有这种能吃苦的品质。青豆沟的富裕，是从苦难中奋斗出来的！

第三篇 脱贫致富篇

第十章

云文俊的家国情怀

人们常说，贫困帮扶不是拍几张照片、开几次会、讲几句套话、给几张钞票、发几声感叹就能解决的。云文俊曾说，从脱贫攻坚到乡村振兴，需要一步一个脚印向前走。通过他的不懈努力，青豆沟村留下了"撤不走"的帮扶队伍。

真是机缘巧合，青豆沟村党支部书记姓云，派来的驻村第一书记也姓云，而且同为蒙古族。不了解情况的人，以为他们是亲戚，其实他们没有任何血缘关系。云文俊当初作出抉择时，克服了许多困难。

云文俊的供职单位是呼和浩特市自然资源局，他是城市规划信息管理中心主任。从2008年开始，他就是局里的后备干部。2017年，他被抽调去负责拆除自治区党委大院的凉房。这项工作很棘手，刚开始谩骂声不断，但他耐心、细致地做工作，最终称赞声不断。他通过不懈的努力，将这项工作圆满完成。

2018年春节过后，云文俊回到工作单位。正当他组织大家开会时，接到局人事部门的电话，准备让他以后备干部的身份，去清水河县当驻村第一书记。这个消息使他手足无措。一来因为他长期外借，单位的一些工作衔接不顺畅；二来女儿上高中，学校离家远，每天得接送两趟；三来父亲患肺心病卧床三年，虽雇了保姆，但仍需要他照顾。一时间，他陷入"单位不行、家里不行、不做不行"的境地。

云文俊此去，最放心不下的还是父亲。他只好回家与父亲商量。

云文俊说："爸，我被组织派到清水河县驻村扶贫，可是我放心不下您。"

父亲说："你去吧。国家的事永远比家里的事重要。我年纪大了，迟早也是死，你要以国家的需要为重。"

云文俊的父亲虽然卧病在床，但经常读书看报、听收音机，关心国家大事。他年轻时当过兵，转业后当过村支书，做过基层工作，知道村里工作的艰难。他对儿子说："你不要记挂我。去了村里要处理好各种关系，也要把工作做好。"

3月10日，云文俊牢记父亲的嘱托，向着清水河出发。对清水河，他并没有多少了解，印象中那里是出海红果、养毛驴、出果丹皮的地方。他按照导航找到青豆沟，但是没有找到青豆沟村委会所在地。经过询问，他才知道他所在的位置是青豆沟的一个自然村。后来又导航到了五良太乡，路上看到了同源牧场的养驴场。

3月28日，云文俊在五良太乡政府开了一次会。会后，他经过激烈的思想斗争，在进青豆沟村之前写下一首诗，以坚定自己的扶贫决心和斗志：

> 华发不改青春志，
> 岁月难泯赤诚心。
> 国有急需当挺力，
> 民若困苦尽帮扶。

云文俊来到青豆沟村委会，接待他的是副主任陈有小，屋子里的寒冷让他的心也冷透了。

村委会里有台旧电脑，因配置太低打不开。云文俊为了尽快投入工作，回了一趟呼和浩特，拉来些吃喝用的东西，还有电脑、彩色打印机和投影仪。

在没有见到云文俊之前，云二召看到扶贫工作队队员们在摆弄电脑，便说："弄这虚的作甚。我们本乡本土的干部都没干出个样来，一个城里来的人还能有什么大能耐，我对他并不抱什么希望。"

云二召认为云文俊来村里就是"形式"而已，这也是青豆沟村大多数村民的看法。

村民们对云文俊的看法让云文俊暗下决心，一定要努力干出个样子来。

云文俊发明了电子"明白卡"和电子"收入测算表"。电子"明白卡"的最大特点是美观实用，照片清晰，字迹规范，查看方便，信息完整、更新便捷，真正让"明白卡"变得明明白白。电子"收入测算表"与电子"农户（贫困户）信息采集表"进行关联，做到一键输入，自动运算，全表关联，自动录入。电子"收入测算表"的开发与应用，极大地减轻了村"两委"和驻村工作队的劳动强度，降低了计算出错率，更易修改和保存，查看更方便，统计更精准。他在全乡内率先建成村域局域网，青豆沟村委会实现了办公信息化。

云二召看到打印出来的、整整齐齐的报表材料，脸上露出笑容，说："在脱贫攻坚的关键时刻，组织上给我派来了一个好帮手。"

云文俊吃住都在村里，吃百家饭，到田间地头和村民一起劳作，与村民打成一片。两年来，他学会了许多农活，从一个门外汉变成了种地的老把式，和村民沟通交流也越来越顺畅，村民们不再把他当外人。

作为一名扶贫干部，云文俊竭尽全力做到忠孝两全。在他驻村后的8个月里，父亲靠呼吸机维持生命。为了不耽误工作，他每天晚上回家陪伴老父亲，早晨赶回村里工作，十分辛苦。

2019年腊月初七上午，云文俊因一直在开会，手机没电关了机，没有接到家人的告急电话。等他披星戴月赶到父亲身边时，老人已经

第三篇　脱贫致富篇

无力说话，两行老泪告诉他，已感应到长子回来了。第二天中午，父亲与世长辞。安葬了老人后的第六天，云文俊又返回青豆沟村委会。

2020年1月27日，云文俊不顾母亲心疼的眼神、妻子不舍的目光和女儿埋怨的话语，告别家人，拉着家里备下的年货，回村工作。

正当云文俊在青豆沟如火如荼地开展工作之际，派出单位希望他回去担任重要岗位的领导职务，这又使他陷入两难境地。一来他思前想后，觉得不能辜负单位的期望；二来正值青豆沟村支书云二召去世、新支书还没有上任的关键时刻，村里的工作离不开他。他怎么能一走了之呢？

村民们听说他要走，涌进村委会办公室，苦苦挽留他。

"云书记，你是爱民如子的好干部，你为村子谋出路、谋发展，是我们的主心骨，你不能走啊！"

"云书记你不能走，不能走啊！"

听着这些发自肺腑的呼声，云文俊的眼睛湿润了，心也被淋湿了。他说："乡亲们，既然大家如此信任我，真诚地挽留我，我就留下不走了。作为一名共产党员，在村里最艰难、最需要我的时候，我不能为了个人利益拂袖而去，这样的举动无异于战场上的逃兵。我要留下来和大家同甘共苦、同舟共济，共创青豆沟美好的未来！"

村委会里一片沸腾……

经过几番思想斗争，云文俊主动挑起村"两委"的大梁，帮助青豆沟村渡过了难关。他把驻村工作队的工作有机地融入村"两委"的工作中，形成互补，形成合力，稳定了局面，稳定了人心，各项事业稳步推进。

辛勤的付出得到了回报。云文俊被评为"全区党员干部现代远程教育优秀标兵"，勉励其继续发挥示范带动贫困户脱贫的党员先锋作用。青豆沟村被清水河县委和政府授予"先进基层党组织"和"文明村"荣誉称号；青豆沟村委被县委组织部授予九星级"北疆先锋大讲堂"、五星级"远程教育动态管理"示范基地荣誉称号。

云文俊是位实干家，一直奔波在改变的路上——改变老书记云二召和村民们对自己的最初看法，改变青豆沟曾经的贫穷落后面貌，当然改变的还有他自己，他的梦想变为了现实。

第十一章

乡村治理的"领头雁"

青豆沟脱贫攻坚的主要任务，不再是寻找致富门路，而是提高治理能力，提升文明素养。青豆沟村整体脱贫之后，开始了乡村振兴的探索。

"一个篱笆三个桩，一个好汉三个帮。"团结协作，是一切事业成功的基础。一个村干部治村理事，要想干成事，除了要敢于斗争、敢于亮剑，还要善于团结、善于用人。

有一天，云文龙听到村民们议论："云占某的大儿子要将村西边400多亩林地圈起来养牛，这样的话别人就没地方放牧了。"

听到议论后，云文龙并没有说什么。他心想，云占某是我们家的亲戚，如果他真那样做了，我一定会秉公处理。

第二天早晨来了一群人,他们将办公室的门推开,气势汹汹地问:"云书记,云占某私自占地的问题,你到底管不管?你如果不管,我们就要向县里反映。"

云文龙说:"我现在就表个态,云占某占地的问题,我们村委会已作出决定,立即停工,维持原状。我现在就把他叫过来。"

云文龙和云文俊两位云书记把村民们请进会议室。

村民代表说:"云书记,我们都知道,你和云占某是亲戚,让你为难了。"

云文龙说:"正因为是亲戚,才更要一碗水端平。如果不想得罪人,光想和稀泥,那就不是一个称职的书记。"

听了他的话,云文俊对他肃然起敬,心想:作为民族团结进步示范村的村党支部书记和村主任,云二召对待人和事从不徇私情。只要是干工作认真的,就是他的朋友,当兵、就业、上学、聘娶,需要帮助的他都会帮。消极怠工、搞歪门邪道的人他不会帮。别看云文龙年纪轻轻,做事很靠谱,谋事有基,成事有道,遇到困难不躲,遇到障碍不绕,敢碰硬,不退缩。

云文俊说:"总书记说过,当干部就要有担当,有多大担当才能干多大事业,尽多大责任才会有多大成就。治村理事,关键在于'领头雁'的责任和担当。责任担当,正是我们云文龙书记的亮点。你们有什么意见和建议都可以提,我们会想办法解决。"

村民们反映了许多问题,还有一些历史遗留问题。

会议正在热烈进行中，云占某推开门走了进来。

村民们没有一个人与他争执，都冲他笑一笑，站起身走了。

云文龙看见他，气不打一处来，问道："你是不是将村里的400多亩林地私自圈起来了？好大的胆子！"

云占某说："这林地应该是我们家的，我这里有地契。"

云文龙说："你还敢提地契的事儿？那都是哪年的皇历了，现在新中国成立多少年了，你还在做春秋大梦呢？真是异想天开！"

云占某说："我是蒙古族，是少数民族，你就不怕问题处理不好，引起民族矛盾吗？"

云文龙说："民族团结就是你中有我，我中有你，谁也离不开谁。做好民族团结工作，关键是一视同仁。"

云文俊怕他俩吵起来，劝道："云占某，你现在孩子们都有了工作，生活比较富裕。你要是把这么大一片林地圈起来，村民们就没地方放牧了，你应该为他们想想嘛。"

云文龙说："你不是不服气吗？我这就找几个蒙古族村民过来，让他们说说你这么做对不对！"

蒙古族村民代表来了。

云占某万万没想到，平时的铁哥们，此时居然没有一个为他说好话的。

云文龙说："公道自在人心。云占某，你是拆也得拆，不拆也得拆。你不拆，我们村委会派人去拆！"

云占某说："我现在还没有想通，等我想通了，我自己拆。"

云文龙说："你咋咋呼呼地说想养牛，养牛的人多了，养牛也得合理合法。"

云占某最终将围栏拆了，避免了一起纠纷。没想到这件事引起一系列连锁反应。没过多久，又有村民去县里告状。

云文俊正在县里开会时，接到云文龙的电话，说："云书记，有村民来村委会反映，几个年轻人鼓动几个老汉，让他们去县里告状，老汉们不去。那几个年轻人开上车，去县里告状去了。"

云文俊问："他们为什么告状？"

云文龙说："我也不清楚，等我先了解一下情况再说。"

云文龙刚挂掉电话，就有电话打进来，说："云书记，我们快渴死了！"

云文龙问："你是谁？具体是怎么回事？"

"我是从达赖哈达搬进幸福老人院的，有人把自来水的阀门给封了，我们喝不上水，快渴死了。"

云文龙马上过去了解情况。原来，从达赖哈达搬迁到康堡村幸福院的19户老人，入住时每户交了3000元押金。自来水入户时，村民集体挖沟，村里统一进行管道配套。通了自来水后，施工方又要向各住户收1003元的配套费，住户们不同意。施工方就以上水阀门被盗为由，将上水阀关闭，不让住户们用水，还扬言什么时候交齐了钱，什么时候用水。

云文龙一听十分生气，找施工方没找着，就自己将阀门打开了。

云文俊从县里回来，说："那几个年轻人去了趟县城，啥事也没干就回来了。"

云文龙说："估计是施工单位的人向幸福老人院的住户收费没收上，就把自来水的阀门给关了。老人们吃不上水，就给我打电话。我没找到施工方，就自己把阀门打开了。"

这时，又有人打电话说："云书记，又停水了，你快来看看吧。"

云文俊和云文龙一起来到阀门前，发现阀门又被关上了，还贴了个封条，上面写着："谁打开谁负责！"

云文龙把管水的人叫过来，问："这是怎么回事？"

管水的人说："幸福老人院里都是老人，来了几个后生，嫌他们不交钱，就贴上封条不让他们吃水。"

云文俊说："你去告诉他们，自来水是村委会统一入户施工的，和他们没有关系。他们的行为有组织、有经费、有领导，危害一方，具有黑社会性质。我现在不报警，是想给他们留有回旋的余地。如果明天早上8点以前还不打开阀门，我们村委会就举报他们，到时候不要后悔。"

晚上12点，几个年轻人将阀门打开，然后消失得无影无踪了。

幸福老人院中居民的吃水问题得以解决。

小村还没平静多久，云占某拆除围栏的后续问题又出现了。

这次的难题是一个卖鸡饲料的人要回村养鸡。他选中一片林地，来和村委会商量。

云文龙说："国家有规定，不能占用林地，如果要使用，报批手续需要去林业部办。"

他说："你别拿文件压我，村里不同意，我就去乡里、县里反映情况。"

云文龙说："政策是国家制定的，你去哪里反映都没用。"

过了几天，村委会得到消息，那人真去乡里和县里反映了，但是得到的答复是一致的，那人也只能知难而退了。

云文俊语重心长地说："文龙，你年纪还轻，又是新上来的村干部。我们村是多民族聚居村，民族团结问题如果处理不当，闹大了，那就是民族问题。你以后无论处理哪件事情，都要合情合理，让村民心服口服。只有这样才能保住我们村民族团结、和睦相处的局面。"

天时不如地利，地利不如人和。团结就是力量，没有诚意实行平等或平等不充分，就不可能有持久而真诚的团结。

第四篇　山村蝶变篇

　　建设社会主义新农村，要规划先行，遵循乡村自身发展规律，补农村短板，扬农村长处，注意乡土味道，保留乡村风貌，留住田园乡愁。要因地制宜搞好农村人居环境综合整治，创造干净整洁的农村生活环境。

——2016年4月25日习近平在安徽凤阳县小岗村召开农村改革座谈会时强调

青豆沟行政村是一个多民族聚居村，位于清水河县城东北端43千米处，下辖10个自然村，分别是康堡、前阴畔、后阴畔、大库伦、后沟、碾房沟、前窑、七墩窑、波波代和达赖哈达。全村户籍人口554户1292人，常住人口210户420人。域内丘陵起伏、沟壑纵横，是低缓丘陵区的山间凹陷地带。

村里人世世代代以种地为生，靠天吃饭。随着农村人口不断向外流失，10个自然村逐渐走向空心化。村民普遍年龄偏大，村里普遍缺水、无路，生存条件差。2016年，清水河县计划采取小村并大村或行政村内就近安置等模式对373个生存条件差、常住户20户以下的自然村进行收缩转移，青豆沟村的七墩窑、前窑、波波代和达赖哈达等自然村均在收缩转移之列。

青豆沟村顺应新农村建设，因地制宜，将一座座不起眼的小村庄，建成生态村庄。守着绿水青山就能过上好日子，这是以前村里人想都不敢想的事情。

第一章

波波代

希望是神奇的，能让人在黑暗中看到光明，在冬夜里看到春光，在痛苦中看到幸福。只要自己不放弃，没有任何力量能摧毁人们心中的希望。

波波代，青豆沟行政村的一个自然村。这里的村民世代居住在黄土堆积的坡梁上，周围虽然沟壑纵横，但沟底并没有多少清泉涌出，祖祖辈辈都在为吃水发愁。这个只有14户28口人的小山村，被阳光映照着，散落的石窑虽显得孤单，但并不破败。和别的乡村一样，村里几乎见不到青壮年的身影。他们宁愿背井离乡去外地打工，也不愿意留下。他们在外打工，一年到头很少回来。即便回来了，也过不了村里的日子。他们在城里再苦再难也能喝上一口干净水，干一天活也能痛快淋漓地洗个澡。然而村里连洗脸水都没有，洗了菜的水才能洗脸，洗了脸的水还要喂牲口。这个村子连人畜饮水都困难，又哪来的水浇地？

这里流传着一句话："波波代没福，一打一个黑窟（窿）。"据说，过去清水河的每个村子都有一口井，供本村人生活使用。唯独波波代村没有水井，不是没有打井，而是不管打多深只出沙子不出水。早年，沟底有一眼泉，村民们每天早晨用毛驴鞍架放上两个大木桶，从沟底往山上驮水吃。当年，"水神"李国安率北京给水团的战士也来打过井，打废了两眼井。一个钻头断在里面，另一个只流出比筷子还细的一股水，还是没有解决人畜饮水问题。吃水难成了波波代村的一块心病，能吃上自来水对村里人来说比登天还难。

云二召当上村支书后，曾找乡领导、县政府协调，想为波波代村民实现自来水入户。后来，打了120多米深的机井，终因水量小无法满足自来水供给的需求而搁浅。云二召只好带领村民在这口机井旁垒起一个蓄水池，每天抽几次水放进池子里，然后由各户将水挑回家，维持基本生活用水。为了多存一点水，老人们把家里的水桶、水缸全都用上了。这不是贪心，是担心突然断水。断水在这里是常有的事，如果在同一时刻有几个人一齐打水，就会断水。每天，蓄水池里的水一滴不剩。有时候，不到半天水就用光了，要等一夜才能在第二天早晨渗出一层水，也就刚够把井底盖住。接水、储水，是村里人每天要做的头等大事。尽管如此，有了这口井，还是比原来去很远的沟底拉水、背水方便了许多。但是，上了岁数的人挑水明显吃力。

2016年，因波波代村地处偏僻、吃水困难，常住户少于20户，被确定为收缩转移村，未安排饮水和道路工程计划。水和路的问题成了遗留问题。

2018年，驻村第一书记云文俊与驻村工作队队员、村"两委"成员走访村民时，再次发现这一问题。他们通过实地考察发现，波波代村完全能以"一方水土养一方人"，没有必要收缩转移，但改变基础设施成为迫在眉睫的问题。

2019年，云文龙担任村支书后，协助云文俊共同解决这一问题。2019年5月9日，他们陪同清水河县水务局工程技术人员和五良太乡干部，沿着崎岖的山路，寻找波波代村民儿时记忆中的泉水。他们不辞辛劳、翻山越岭，在离村较远的一条深沟绝壁处找到了那眼泉水。他们让村里拿出一个解决方案。

村主任岳双才和村民们商量，制订了一个自认为既省钱又省事的方案。那就是在下游的泉水旁做一个蓄水池，再用水泵将水抽到高处，流下来即成自来水，还专门找县水务局做了设计。

没想到，在青豆沟村"两委"会议上，这个方案被云文龙彻底推翻了。他说："一来这个泉水为地表水，是季节性的，加上水位逐年下降，以后有可能会断流，不是长远之计。二来建蓄水池，羊粪、杂草等冲进去，容易造成水污染，不是合格的饮用水。我建议还是打一眼机井，上自来水。"

岳双才说："云书记，你忘了，波波代没有地下水。这里从来没有打出过水。"

云文龙说："你们邻村七墩窑能打出水，而且水层很好，你们村怎么能没有地下水呢？我就不信这个邪！"

云文俊说："无论哪个方案，万变不离其宗，水源是最大的问题。我也同意打井，但钱从哪出？"

云文俊和云文龙多方协调上级有关部门，通过"一事一议"规则，争取到波波代自然村自来水配套工程款47万元，用于解决人畜饮水问题。

他们请来乌兰察布市水文地质队的专家，拿着先进仪器，绕梁多点测量，在村口找了三四个地方，都没有找到水源。云文龙想，上游七墩窑的水量很好，这里不可能没有水。失望过后，云文龙坚持请专家继续测量。经过科学论证，准确找到了水源，岩层下90米有水层，150米以下的水层更好。

打前90米比较顺利，再向下打，遇到了岩石层，打出来的全是花岗岩，打到150米时都没出水。

有人想放弃，说："岩石层太厚了，还是算了吧。"

云文龙说："继续向下打，我就不相信这个村的地下没有水。"

人们只好听他的，一直打到200米时，终于打出水了。

11月20日，是值得波波代人永远纪念的日子！这一天自来水工程全部竣工。村民们在入冬前喝上了甘甜的自来水，告别了祖祖辈辈为吃水受尽的各种煎熬。

波波代进村的路一直是土路，云文龙向县发改委申请修路。终于在2020年将7.5千米的村道建成了水泥路。

村里有个村民叫陈召堂，有肺气肿病，运水十分困难。他多次找云文龙商量，想迁到十三号村去。打井成功后，他激动地说："井也打好了，路也修好了，我不走了。"

这次打井成功，让乡亲们的希望变成了现实。有了水，他们不用收缩转移，可以过上稳定的生活；有了水，修好了路，赛科星才选中这个地方，流转村里1460亩荒地30年，在这里建牧场，使村民的收入稳定增长。

如今，波波代村通了电，修了路，安装了有线电视和网络设备。村里人建起一个微信群，人们有事可以直接在群里喊话。乡亲们的沟通联系便捷了、随意了，彻底改写了波波代出（进）不了村、喝不上自来水、消息闭塞的历史。

惠民工程的实施，有助于加快村民脱贫奔小康的步伐，让村民享受到获得感、幸福感和安全感。

第二章

达赖哈达

青豆沟村有一个极具民族特色的自然村——达赖哈达。村名的来历已无据可考,只知道是一个蒙古族村名。"达赖"一词用作地名时,意为"海一样的","哈达"是山的意思,"达赖哈达"可以理解为"海一样的山"。

这里曾发生过两次迁移。

达赖哈达在青豆沟的自然村中,海拔最高,四面环山,东面是马鞍山,西面是大石山,南面是黄河山,北面是元旦山。村里多见石头不见人,可以说,是被群山簇拥着的小山村。村口的高坡上,耸立着刘翠女祖上于清道光五年(1825年)立的那块节孝碑。因经年的风吹日晒、雨淋霜打,碑文已被侵蚀得十分模糊。但据立碑时间和碑主人的年龄推算，该村距今至少也有300年的历史。据说，刘氏家族从山西来到此地开荒种地时，这里就有蒙古族（康堡村云氏分支）生活。后来，这里又增加了贾姓和魏姓，至今村里只有这三大姓。第一轮土地承包时，全村有35户140多口人。虽然生活条件十分艰苦，但村里村外的山坡上种满了杏树。每逢春天来临，白的、红的、粉的杏花盛开，景致迷人，把村民们的心情也涂抹得五彩斑斓，让人们忘掉了所有的烦恼和忧愁。

村民们每天做的头一件大事就是解决人畜饮水问题。他们来回走一里多山路去山下的河沟里挑水。居住的是土打窑，直到20世纪80年代末才开始碹石窑。碹石窑时，家家户户赶着毛驴车去马鞍山上取石头。他们边开采边拉回，用两年多时间才能拉够所需的石料。碹窑需要两年多，等住上新窑至少需要五年。

村里种的都是坡梁地，浇不上水，靠天吃饭。年景好时，每亩能收500斤，收下的粮食够自己吃。因为没有通向村外的路，有余粮也运不出去，换不回钱。

村子里外都是沙石路，全是坡路。每逢雨雪天，出行十分困难。每年冬天下大雪，雪一停，村主任就组织全村人扫雪，扫出6里多路才能保证村民们的出行安全。

后来，河沟里没水了。为了解决人畜饮水问题，家家户户打了旱水井。旱水井全靠人工开挖，深6～8米，底径3.5～5.5米，口直径

0.8～1.2米。先用黏土（塑性指数大于17）和生石灰按5∶1的比例加水拌和，闷浸24小时后成二合泥。施工时，二合泥含水量控制在35%左右。在井内搭好脚手架，按先井壁后井底，井壁由下到上抹挂二合泥，厚度2～3厘米，随抹随用手锤反复夯实，一般在48小时之内夯实7～9遍，抹到面起亮断水为止。井底二合泥含水量控制在30%左右，铺层厚15厘米。铺好后用木槌夯实，直到其表面泛亮断水为止。取水口一般用块石或砖垒砌，用钢筋混凝土预制板压封，上设取水口（井）盖。进水渠用铁管，也可用砖、片石或混凝土预制板砌筑。旱井修好后，雨水顺着进水管流进去，羊粪、杂草等也会一起流进去，水流满后，将进水口堵死，盖上井盖，放置一年后才能饮用。其蓄水量一般在30～70立方米，够人口少的人家吃一年。

村民们第一次迁移是在1975年。因为村里没有水，生活困难，清水河县让达赖哈达的村民分流至生活条件相对较好的康堡和大库伦村。他们参加村子里的集体劳动，每人每年分280～360斤的返销粮，吃不饱肚子。1979年，达赖哈达村的村民又自行返回了自己的家园。

村民们第二次迁移是在2016年。2015年，达赖哈达被列入清水河县收缩转移村范围，决定整村搬迁。青豆沟村委会在条件相对较好的康堡自然村，建起了幸福老人院。达赖哈达村年龄较大，不能从事生产劳动的19户村民喜迁新居。但是，有10户17人有劳动能力的村民，考虑到迁出之后，离开了朝夕相处的土地，又分不到新的土地，故土难离，没有搬迁。

青豆沟村"两委"将对达赖哈达的治理当作头等大事来抓。村子里25度角以上的坡地均已退耕还草。2019年,村"两委"对村子里的旱厕进行了改造,家家户户都有了标准化厕所,不仅为村民的生活提供了方便,还减少了蚊蝇,美化了村民的生活环境。此厕所,一年清理一次,粪便直接可用作农家肥。在千方百计争取项目、筹集资金的同时,村"两委"还每年雇推土机拓宽、平整进村的道路,保证村民的正常出行。村"两委"给村子里有四轮车的村民配备了水箱,为他们下山拉水提供方便,改善饮水条件。云文龙还经常深入农户,对他们的种植养殖进行指导。一户村民正在为购买什么型号的拖拉机和配套的农具发愁。云书记来了,建议他购买354拖拉机,配套404收割机,就能满足当前耕种和收获的需要,还不会造成浪费。云书记还嘱咐村民在当前饮水困难、灌溉无望的情况下,要想保住收成,必须多种抗旱的糜黍谷等杂粮。村民听了,脸上乐开了花。他相信云书记,别看云书记年纪不大,也算是种植养殖的行家里手。村里每家每户不仅耕种着人均20亩的土地,还养殖着少则40只,多则100只的萨福特或湖羊等肉羊。家家户户购买了无线接收器,电视、手机、微信、视频都可以使用,打开了通向外界的窗口。

2021年,经过云文龙的多次争取,在清水河县实施的国家农村供水保障工程中,达赖哈达供水工程占有一席之地。该工程涉及6个乡镇13个自然村,工程建设总投资800.15万元,新打水源井8眼、建设泵房8座,安装潜水泵10台,新建蓄水池8座,铺设管网2377米,配套阀门井、排水井、排气井等附属建筑物54座。该工程建成后可改善3311人的饮水问题。

2022年7月，达赖哈达供水工程实施，在村外新打了一眼460米深的水源井，建成蓄水池一座，铺设了管道。实现了自来水入户，满足了全村人畜饮水的需要。这是云文龙担任村书记和村主任之后，干得最大最好的一件事，也是让村民们交口称赞的一件事。

贾全仁，55岁，在达赖哈达自然村当了17年的村主任。他家打了三眼旱井，多少年来供全家人食用。除了种地，他还养了38只羊，为了节水，他从旱井里接了水管通到院子里，打开水龙头就可以接水喂羊。他做梦也没有想到能吃上自来水。村外当年打下的大坝，多年来都是他负责维护的。如今，水源井就打在他家的地里，他没要一分钱作为补偿，仍心甘情愿地负责自来水供水设备的维护工作。

关于达赖哈达自然村的发展，云文龙还有更深层次、独特的想法：把这个村从大山的皱褶里，整体搬迁到村北相对平展的阳坡地，让村民们生活在绿色的田野上。明年再将已经拓宽的进村道路硬化，让村民们都能过上扬眉吐气的好日子。

第三章

七墩窑

俗话说：要想富，先修路。修路是青豆沟村一直以来遵循的原则。交通便利是致富的先决条件，而且能带动其他产业的发展。

一道山梁上，土窑石窑，挨家挨户，高低错落。七磴窑村的12户24口人就生活在这里。以前，村民们都住在破旧的土窑洞里，后来，大家手里有了点钱，就想磴石窑。石头属马鞍山上的最好，可是上山只有一条护林员走出来的步行道，车根本上不去。为了防止乱采石，破坏生态环境，云二召请示五良太乡政府，准备在山上开一个采石场，允许村里需要磴窑的村民在这里采石。乡里大力支持这项工作，还派来一台推土机，从山底到山上开拓出一条300多米长的土路。春天，用了一个月时间将道路硬化。大大小小的车辆都能上山拉石头，解决了碹窑的石料来源问题。几年间，"上三队"（包括七墩窑、波波代、达赖哈达）碹起50多孔石窑，大部分村民告别了破旧不堪的土窑洞，住进了明亮宽敞的石窑洞，生活其乐融融。

"农业学大寨"时，村里全力以赴在山上修梯田。包产到户后，村里又进行农田水利建设，修了水平梯田。虽然缺水少路，可那梯田已经一层一层盘到山顶，远远望去，就像一个巨大无比的油旋儿饼。这山、这树、这田地，每到夏天，仍是一片可爱的绿色，给七墩窑村平添了许多风光。

村里的地好，小杂粮的产量也不低。但是通往村外的路不好走，村民有了余粮，运不出去。

侯志敏是一位年逾古稀的老人，曾担任过青豆沟村和七墩窑自然村的村主任。他为村里修路的事没少操心，也多次向青豆沟村委会反映过。他说："愚公移山是一个励志的故事，也体现了古代先民对于通路的渴望。现在交通工具已经非常先进了，我们对于通路的愿望，比愚公更加迫切。只有公路畅通了，村子才能有进一步发展。"

为了解决这一问题，青豆沟村召开了村"两委"和驻村工作队会议，请七墩窑的代表参加，专题讨论关于帮扶七墩窑自然村脱贫攻坚的问题。

会上，云文俊说："我们今天专门召开这个会议，你们都是村民代表，我们就是想听你们讲困难、提要求。"

侯志敏说："云书记，你张口闭口要我们讲困难、提要求，可是钱从哪里来？你这是在给我们画饼充饥呢。"

李才说："我们村是几代人都摘不掉愁帽子的贫困村，你张口闭口脱贫攻坚战，没有钱，那都是纸上谈兵，我们可没有工夫扯闲篇。"

听了他们的话，云文俊语重心长地说："根据我们驻村工作队的走访调查发现，七墩窑村虽在收缩转移之列，基础设施比较薄弱，生产生活条件困难，但这方水土还是能养育这方人的。你们有什么困难就提，只要我们团结一致，鼓足干劲，逐步改善生活环境，脱贫致富还是很有希望的。"

村主任王义才站起来，小心翼翼地问道："云书记，能给我们两个车工吗？"

"七墩窑村有车床加工企业？我怎么不知道？"云书记颇有兴趣地问道。

王义才的脸一下就红了，说："哪有什么车床加工企业。我是说，你能不能派两辆车，给我们拉点土垫垫路。每年雨季，一场大雨过后，路就被洪水冲断了。别说车辆出村进村了，就连人也得绕着走、跳着走。"

云文俊直截了当地说："拉上垫路只是权宜之计，为什么不修条水泥路呢？"

会议室一下子安静下来，大家仿佛被云文俊的提议吓到了。

王义才更是吓得张大了嘴巴，原以为弄辆车拉点土垫垫路，已经是奢望了，没想到云书记直接提出修水泥路。

他不敢相信自己的耳朵，问："我是不是听错了？"

侯志明追问道："修水泥路说起来容易，钱从哪儿来？这是我当了几十年的村主任想都不敢想的事情。"

云文俊直言不讳地说："赊也好，借也罢，不要村民出一分钱，我来想办法解决。"

散会后，代表们仍然兴奋地围着云文俊。云文俊十分清楚，村民们之所以这样，是想堵了他的退路，让他骑虎难下。同时，他也感受到修路在乡亲们心中的分量有多重。

云文俊一言九鼎，迅速联系好各项事宜，测绘、做预算、动工……

云文龙十分支持云文俊的想法，也帮着协调相关部门，最终争取到七墩窑自然村进村道路硬化工程项目基金105万元。

经过几个月的建设，七墩窑村进村硬化混凝土路与3.6千米外的二道洼村已硬化的道路接通了，村里的户道也全部做了硬化。

道路竣工通车那天，是七墩窑村值得铭记的历史性时刻。村里比过春节、娶媳妇还红火热闹。乡亲们奔走相告、笑逐颜开，有搭帐篷的，有宰猪杀羊的，有敲锣打鼓的……男女老少齐动手，准备大张旗鼓地庆祝一番。王义才邀请了青豆沟村"两委"成员和驻村工作队队员。一来是为了表示感谢，二来是为了同喜同乐。他还特意为云文俊书记做了一面锦旗，准备在庆祝会上献给他，表达由衷的感激之情！

如今，村里有了网络，村民们在地里锄地，有事情可以在微信群里"喊话"，为封闭的小山村打开望向外面的窗口。此刻，七墩窑人左等右等，没有等来任何人，只等来了云文俊发来的一条微信，王义才失望地读给大家听："七墩窑村的道路硬化竣工通车，是落实党的富民政策的硕果，不用感谢我。为村民办实事、办好事，是每一名共产党员应尽的职责和肩负的使命，不能把功劳记在个人头上。庆祝活动村'两委'成员和驻村工作队队员就不参加了。"

听了这条微信，侯志明想了很多。多少年来，每年夏天，这条进村的路，晴天是扬沙路，雨天是泥路。晴天一身土，雨天一身泥，上演着"行路难"的一幕幕。那时，我们对"好生活"的念想，就是让村里的路好走一点，人们赚得多一点，生活宽裕一点，那该多么幸福啊！今天，有了这条通向外面的路，就能极大地调动村民搞好农业生产的积极性，种好粮，增产增收，这是一条致富的路啊！

七墩窑不用搬迁了，农民守住了土地。土地是农民的希望，是生存的保障，是"命根子"啊！春来百花香，夏至禾苗绿，秋到硕果实，冬归雪花飘，这是在家乡的土地上一辈一辈耕耘，一代一代接替和长久以来的记忆。如今的土地，不仅有了自给自足的功能，还成了持续发展的"新动力"，村民们会在致富路上越走越好！

第四章

一道沟三个村

青豆沟属于清水河县12条大沟之一,青豆沟村因此沟而得名。其实,青豆沟并不是贯穿全域的一道沟。它全长8千米,串起三个自然村——前窑、碾房沟和后沟。村民们的姓氏不同,前窑只有一个大户魏姓;碾房沟有三个大户——陈姓、杨姓和张姓;后沟有两个大户——李姓和张姓。这三个村虽然姓氏不同,但他们的生活环境、生活状况基本上是相同的。

中华人民共和国成立前,沟湾的好地都用来种洋烟。有钱人家雇人种地,在家里抽洋烟。中华人民共和国成立后,这里才禁了烟。1951年,这里的村民分到的土地大都是坡梁旱地。村民们一年四季有干不完的活,但效益低下。

第四篇　山村蝶变篇

大集体时，这里广种薄收，靠天吃饭。年景好时，村民们能勉强填饱肚子；年景不好时，出现"倒分红"，吃返销粮。人口多的人家粮食不够吃，舍不得脱皮，带皮加工成面吃。包产到户以后，村民们才吃饱了肚子。

这里生活贫困又闭塞，村民们就把全部希望寄托在神灵身上。那时候，家家户户的灶台旁边都有一个神位，供奉灶王爷。尽管家里有神仙"庇护"，但是村民们仍过着饥寒交迫的生活。越过灶台再往里，靠西墙一般放着一口水缸。村民们吃的是河沟里的长流水，冬天掏冰窟窿取水。大家把水挑回家，倒进水缸里贮存，供全家人的日常用水。因为缺水，村民们每年夏天只能在河沟里洗澡，也就洗一两次。

那时候村里的基础设施落后，交通不便。道路达不到村村通，雨雪天出不了村。县道是红胶泥路，不好走，去一趟县城需要十几个小时。乡与乡之间的道路，都是沙石路，最宽的四米。晴天是扬沙路，雨天是泥水路。村与村之间没有路，一条土路是村民出入用脚踩出来的。村子与农田之间的路，要是遭遇雨天，进地要穿雨靴或赤脚。这里最好的交通工具是毛驴车，后来有了拖拉机。

村里电力紧缺，偏僻的地方都用煤油灯照明。后来种地抽水、加工粮食、农户照明，基本能用上电，但限电，超额停电，给生产生活带来很多不便。

在战天斗地、欣欣向荣的激情岁月里，村民们干着相同的事情：

打坝堰淤洪澄地，植树造林，绿化家园。

以前一点雨也不下，漫山的洪水就下来了，将土地冲成沟沟壑壑、支离破碎。前窑村前有一条很宽、十几米深的沟。从1994年开始，云二召带领村民们利用这条沟打坝堰淤洪澄地。他们在沟里建起一座清洪坝，又从沟道的侧面挖了一条渠，让洪水在弯弯曲曲的河道里将泥沙沉淀，澄清后的水再从新挖的渠流出。

几年间，利用这种淤地坝的方法，前窑村淤澄出180亩地，碾房沟村淤澄出200多亩地，后沟村淤澄出200多亩地。内储工程结束后，用老式推土机平整土地，前窑村平整出200多亩地，碾房沟村平整出530多亩良田。

云二召常说："无论我们怎样造田，如果没有统一的灌溉系统，水未能引入田地，仍然要靠老天风调雨顺，这样的土地就无法抵御自然灾害。"

从2015年开始，云二召分别在这三个村子打了几眼农灌井，全部配套了水利设施，实现了滴水灌溉。粮食有了好收成，村民们改变了靠天吃饭的现状。

20世纪70年代，几乎每个村子的墙上都写着标语："植树造林，绿化祖国。"这是时代的号召，也是村民们的美好祈愿。意气风发的村民们在田间地头、条条大路两边种了大量树木，其中杨柳树居多，田成方，路成行，树成排。挺拔笔直的钻天杨高高耸立，就像当时挺直了腰杆干劲儿冲天的农民。村民们在光秃秃的荒山上种松树，在沙地上种柠条。经过多年的努力，绿树已成荫，贫穷落后的面貌有了很大的改观。

2006年，村与村之间的道路都修成了水泥路。

2013年，村里打了机井，建起水塔和配套设施，解决了人畜饮水的问题。

云文龙接替村支书和村主任后，前窑村的机井由于水位越来越低，又出现了吃水难的问题。他向县水利局打报告并积极奔走，最终争取到了资金，不仅打了井，还建了水塔、铺了管道，让家家户户吃上了自来水。

2015年，清水河县将前窑村定为迁移村。村里有14户28口人，除一户愿意迁出，其他村民情绪很大，都不愿意走，便去找云二召商量。云二召听完村民们的哭诉后，想：前窑村经过农田基本建设改造之后，有不少良田。村里的年轻人大都到城里打工去了，留下的村民年纪虽然大了，但还可以劳动。这些人迁出后，失去了土地，没有了经济来源，就成了无根的落叶，无法生存。云二召多次到县里协商，终于把这个村保留了下来。

碾房沟有40多户80多人，流转土地460多亩，亩耕地80元、荒地40元、上水地300元，一次性补偿，全村人均收入3700元。

后沟自然村第一轮土地承包时有20多户106人。1990年以前，通往村外的路不好，沟底是红胶泥，吃水要到沟底去挑。为了彻底改变这个村的面貌，云二召和杨全去清水河县土地局批了宅基地，将村子整体搬迁至距旧村一千米以外的三道峁。旧村只留下两户人家，一户的主人身体有残疾，后来得了脑梗，行动不便；另一户人家碹起了石窑，有配套的牲口棚圈，不愿意搬迁。2016年，村委会专门为他们修了一条水泥路，便于他们从旧村到新村。

现在，三个村每年人均收入在6000元以上，已全部脱贫。

回想起那个年代，虽然生产条件低下、生活艰苦，但人人有梦想，不以苦为苦，生活激情昂扬。

青豆沟迎来了一年中最好的日子，远远近近的山峦、纵横交错的沟壑，绿色已经开始渐渐浓重起来。玉米长出一尺多高，热情淳朴，憨厚健壮的村民们扛着锄头、戴着草帽，到农田里锄地去了，脸上洋溢着幸福的笑容……

第四篇　山村蝶变篇

第五章

一条河两个村

古力半几河是清水河县与和林格尔县的界河，发源于和林格尔的油房沟，由五良太入境，横贯清水河北部的青豆沟村，至王桂窑（今宏河镇）岔河口由东向西注入浑河。这条河的岸边有青豆沟的两个村，东为后阴畔村，西为前阴畔村，共有60多户200多人。家家户户顺着壕沟，分散而居，住的是土窑。

俗话说：靠山吃山，靠水吃水。这两个村靠着河，却吃水困难。为了解决吃水问题，村里给两个村各打了口人工井，深20多米，井径1.5米，用水桶向上吊水吃。

进村的路是一个大红泥坡，下雨天路滑，进村要手足并用向上爬。1993年，云二召在村子里比较平整的地方，批了一块宅基地，碹起40多间窑，每排7户，每户5间，解决了村子里准备成家的年轻人住房困难的问题。住进新居后，村民在自己的院子里打了30多米深的井，以满足人畜用水。

前、后阴畔村离康堡村不足两千米。2009年，云二召在三个村之间找了个制高点，打了一眼机电井，建起水塔，配备了管道，使三个村子都吃上了自来水。

前、后阴畔村通电比较早，20世纪70年代末，别的村还在使用煤油灯的时候，他们已经用上了电灯。进村的路是沙石路，每逢下雨天泥泞难行，秋收的时候粮食很难收回来。2016年，村村通了水泥路。2017年，用细沙平整了5千米长的农田道路。为了保证两岸村民往来，在河滩上修了一座14多米长、4米宽的漫水桥，还将古力半几河通往和林格尔的河底道路进行了硬化，保证过河车辆的安全。后来，修了荫畔村至康堡村的道路，长2.4千米，宽3.5千米，全部进行了硬化。

2016年，村"两委"还将村民的土坯窑墙体，用砖加固，粉刷，砌了窑面，还换了门窗。

2017年，在前、后阴畔村打了四眼农灌井，配套了地下管道和地表管道。因为电力容量不足，滴灌计划停滞。经过云文龙的多方努力，2022年，电力增容的目标得以实现，这里的1200亩旱地实现滴灌。

2018年，村里户户装了路灯。2022年6月，村里安装了有线电视网络。

第四篇 山村蝶变篇

经过几年的改造，前、后阴畔村的面貌焕然一新。过上好日子的村民们，还常常想起曾经发生在村里的故事……

土地开发平整是增加耕地面积、提高粮食产量、实现耕地总量动态平衡的有效措施之一，也是提高土地质量、促进土地集约化和机械化的重要手段。

1990年，因国家政策的调整和扶持，在土地短缺的情况下，没有地的农户通过治理荒山荒坡，解决了温饱问题。云二召一直有个想法，就是将古力半几河的河道拉直，改河淤地造出上千亩良田。

旧时，古力半几河归清水河，在和林格尔县境内划界长度为53千米，在清水河县境内长度为32千米。中华人民共和国成立后，这条河成了界河，南岸是和林格尔县的万一号村，北岸是前、后阴畔村。此时，改河淤地就是两个县乡村间的事情。

云二召被这个想法搅扰着，一刻也不得停歇，于是就去找万一号村的支书商量。起初万一号村的支书并不同意，怕改河道会影响他们村的土地面积，后经云二召反复做工作，说："淤出的坝地，还给你们耕种。"万一号村的支书才终于同意了。

云二召怕有变故，说："既然你们同意了，我们双方签个协议，这件事情就开始动手干。"

万一号村的支书说："不用签啦，你还不相信我吗？说好的事情怎么能变呢？你们就放手大胆干吧。"

乡野长歌

云二召是个雷厉风行的人，说干就干。没过多久，改河淤地的事就拉开了序幕。这是一项庞大的工程，他们要想在主河道弯曲的地方将河道取直，只有挖出一条新河道，将旧的河道作为泄洪道，才能淤洪造出千亩良田。云二召指挥着推土机、挖掘机，挖河道，建围堰，很快就淤出40多亩地，他们信心百倍。

没想到正当云二召带人干得热火朝天的时候，两个村子因为一件小事打起了官司。河滩上的地，没有整治的时候，谁也不会把它当回事，当河滩变成良田的时候，万一号村人就眼热了。一开始，他们提出要回自己的地，可是为改河淤地付出代价的前、后阴畔村人当然不答应，于是发生了纠纷，矛盾渐渐激化。万一号村集结了大批村民，准备了铁锹、棍棒等利器，要以武力收回淤澄出来的河滩地，眼看一场械斗就要发生了。云二召得到消息后，立刻赶来处理此事。他动之以情，晓之以理，想让村民们明白土地所有权问题是一个法律问题，天下农民是一家，只有齐心协力，才能把荒滩变成良田，才能创造一个更好的农业生产大环境。万一号村的村民听不进去，结果村与村之间的纠纷变成乡与乡之间的纠纷，后来升级成县与县之间的纠纷。当时，和林格尔县和清水河县都属于乌兰察布盟管辖，官司一直打到盟里。最终，因两个县的土地纠纷难以解决，改河淤地工程被迫叫停，淤澄出来的40亩地都种上了杨树。

就因为一件小事，影响了上千亩良田的改造工程，真是得不偿失。这件事给云二召留下了终生遗憾。在他的人生中，这也许是唯一一件未办成的大事，但他毫不气馁，准备对阴畔村的滚水坝进行维修。这是一个清水、洪水两用坝，清水来了浇地，洪水来了淤洪澄地。

在维修坝体的时候，云二召由于工作比较忙，没有时间监工。工程队偷工减料，在修滚水坝的闸门时，八字墙里没放水泥。

有一天，云二召去检查工程质量，这位"土专家"一眼就看出了端倪。他冲着闸门踢了一脚，八字墙就垮塌了。

云二召气愤地说："你们干的这是什么工程？踹一脚就塌了，洪水下来压力大，能顶得住吗？造成的损失你们赔得起吗？"

工程队的工头立即赔礼道歉。

云二召说："你们出来揽活干也不容易。先饶你们一次，下次再敢糊弄我，绝不轻饶。"

出了这档子事，云二召怎么也不放心，于是自己掏钱，每天50元雇了一位村民当监工，严把质量关，直到工程全部完工。

这项工程的顺利完工，为阴畔村的农田用水、淤洪澄地提供了有力的保障。

土地稳，民心安，则社稷固。农民对被视为"命根子"的土地，原本就有一种最深沉、最质朴的情感，源于生计，深植血脉。除了前、后阴畔村，其他几个村也都有在云二召的带领下淤出来的土地，这是他在改造土地上的功劳。这些改造好的土地都承包到农户，大家普遍受益。

第六章

大库伦

大库伦是青豆沟村的一个具有民族特色的自然村。汉语的"库伦",指代范围很窄,仅表示圈起来的草场,主要用于村镇地名,而蒙古语的"库伦"所表示的意义非常广泛。大库伦村,当地人俗称"大圐圙"。

大库伦村原来只有一系杨姓,后来分了两支。沟上的是大库伦,沟底的是小库伦。村子的西边是古力半几河。第一轮土地承包时有30多户180多口人,如今有25户40多口人。这里生活环境较差,周边只有老一辈人种下的零星的几棵树。1983年,村民在沙梁上种下柠条。第一轮土地承包时,种下400多亩杨树,改变了村子的面貌。

九九时节,天气转暖,杨花冒尖;十九时开出麦穗状的杨花。南风吹拂，飘浮满地。杨花落尽，杨树开始冒出嫩嫩的绿叶，直到夏季枝繁叶茂，绿树成荫。

初春的田野还是一片沉寂。冻土一天天变软，层层叠叠的苜蓿草，从黄土地里探出头来，那种醒目的绿色铺天盖地。衔泥的燕子迷失了方向，找不到旧巢。

春雨滋润之后，田野里的苜蓿像绿苗般愈发浓绿，粉红色的花蕾冒出来，像片片红云。在库房里赋闲一冬的犁耙等农具，也在布谷鸟的叫声里结束了冬眠，随时准备冲向沉睡的田野，在泥土的深处耕耘出一簇簇黄色的浪花。

清明节那天，风停了。气候突然转暖，空气中弥漫着尘埃，笼罩着天空。村子里到处弥漫着浓浓的羊粪的味道，也许这就是乡村特有的味道吧！

20世纪80年代的中国，尤其是农村，还处在一穷二白的年代，"穷"说的是物质、经济，"白"说的是精神、文化。那时，大库伦的物质生活相对匮乏，没有通电，也没有修通公路，照明完全是靠煤油灯，做饭、取暖所需煤炭也是用骡子胶车从百十多里地的煤矿，沿着崎岖山路拉回家的。除了早出晚归忙农活，偏僻的农村没有多少娱乐活动。村民唯一得到新闻、消息和国家政策的途径就是看报纸。一份报纸反复看好几遍，从中寻找有用的知识。村民唯一的娱乐就是县里乡里的电影队来村里放电影，这是大人和娃娃很盼望的事情。一般

乡野长歌

下午四五点左右，电影队就将幕布固定好。

这时候，在田里劳作的社员们便会到地里扯着嗓子喊："晚上看电影了。"

听到喊声的人们便会追问："在哪里放？"

小孩子们更是欣喜若狂，听到有电影可以看，就爬到树上或屋顶上观察证实。天还没黑就催大人们赶快做饭，饭做好后匆匆忙忙地拨拉几口，就拿上小板凳，喊上几个小伙伴，拿着手电筒，跑去占据看电影的有利地形。发电机隆隆地响起，点亮了放映员桌子上的那个灯泡。对于大人们来说，他们厌倦了年复一年的劳作和日落而息的无味生活，如果能看上一场露天电影，那就算很不错的了，既能放松，又能休息。

农忙季节到了。大集体时，淘粪、送粪、掏茬、耕田、播种、收割、入场、碾打……那个时候，打日工，挣工分，男人一天10分，女人一天8分，老人娃娃都是一天7分，这是常态。包产到户后，一般人少地多的家庭很难靠自家单独完成从春播到秋收的活计，邻里之间都会互相帮助，今天帮你家，明天帮他家，家乡称这种方式叫"变工"。

春播、秋收，都是农村一年中最忙、最累的季节。当然要把家里最好吃的都端上桌。

大库伦村，祖祖辈辈以种地为生，靠天吃饭。为了解决吃水问题，村里只能人工打造水窖。水窖有200多米深，村民靠吃水窖里的水为生。2019年，因为地下水位降低，村里的人畜饮水成了问题。

村主任多次在青豆沟村"两委"会上反映，要求解决人畜饮水问题。云二召将这项工作提到议事日程，说："我不仅要在你们村子里打机井，还要上自来水，彻底解决你们'吃水难'的问题。"

云二召一诺千金，四处奔走，经过多方协调，县水利局给解决了项目资金问题。

打井队进村那天，村民们喜笑颜开、奔走相告。云二召将打井队的吃住安排在自己家里。

井打好后，云二召就组织建水塔、挖管道沟。主管道沟由机器来挖，机器进不去的地方就人工挖，家家户户齐动手。沟挖好后，铺上了管道，村民们破天荒地吃上了自来水。

通水那天，村里像过节一样，村民们欢欣鼓舞、激动不已、拍手称赞："云书记为我们做了一件大好事。"

令村民们记忆最深刻的事情就是小流域治理时，魏华和云二召在村里建水库，防止水土流失，淤地造田，将旱地变成水田。

有人说，翻开中国五千年历史，核心只有两个字：土地。作为一个拥有数千年农耕文明的国度，对于土地的依恋和占有，是中国人一直追逐的梦想。1996年，云二召带领村民在大库伦打坝围堰。打出来的大坝叫水库，用于淤洪澄地，坝堰成了连接两边的农田道路；小的坝叫塘坝，可以用来灌溉、养鱼。经过几年的奋战，他们淤澄出800多

217

亩土地。这些改造好的土地都承包到了农户。

2011年，青豆沟村委会在大库伦村的荒地上打了两眼农灌井。之后，云二召又带领大家做好配套设施，铺设地下、地面管道，打围堰治碱，改造出良田，实现了旱地变水田。因为浇地需要交电费，有的村民不愿意交。第二年，入伏之后，天一直没有下雨，热得要命，好像划一根火柴，就能把干燥的空气点燃。远近的山头，庄稼的绿色也是灰塌塌的。往年如果不下雨，又将是一个年馑。太阳烤焦了土地，也烤焦了庄户人的心。今年不同了，全村人把希望寄托在水浇地上，不愿意交钱的村民，也抢着浇地。他们高兴地说："只要能浇上水，就有收获。"结果大旱之年实现了大丰收。农田水利设施的建设，改变了大库伦村靠天吃饭的现状，实现了旱涝保收。

大库伦村还有一位德高望重的老人，叫杨海元，时年92岁，是村子里年龄最大的人。他年轻时当过青豆沟生产大队的支书，后来去五良太乡机械制造厂当厂长。退休后，他又以承包工程的形式，在青豆沟打了三个骨干坝，为青豆沟的农田水利建设作出了贡献。他除了耳背，看上去红光满面，身体硬朗。孩子们都到城里发展了，已经退休的儿子会经常回来看望他。更多的时候，他是与89岁的老伴相依为命，相扶相携。他有70多年的党龄，建党百年时，他荣获一枚"光荣在党50年"的纪念章。当他戴着纪念章拍照时，双眼炯炯有神，容光焕发，发自内心的那份对党的深情和热爱，感染着在场的每一个人。

他生活、奋斗在故乡的这片土地上,从来没有离开过。

中华民族是一个崇尚土地的民族。或许黄皮肤已经注定人们与黄土地有着不解之缘。当人们俯下身再次触碰那横贯千古仍不改色的土壤时,就会感到一丝温热,一阵心跳,那是民族的脊梁、时代的脉搏。

第七章

康堡新韵

在走村串户的采访中,我被村民们的热情包裹着,纯朴的村民们是乡村里最暖心的风景。我的思绪似一场风飞扬,我的创作历程山高水长,在春风肆意、万物生长的美丽里,学会了表达自己的爱意。

青豆沟村大力实施乡村振兴战略,紧紧围绕产业兴旺、生态宜居、乡风文明、治理有效、生活富裕的总要求,加大强农惠农富农力度,强力推进产业振兴,农村面貌和环境明显改善,村民们的生活质量得到显著提高。村委会驻地康堡村居住着25户124人,其中蒙古族7户20多人,是汉蒙聚居的民族村。村民们的经济收入主要以种植业和养殖业为主,种植业以马铃薯、青贮玉米、小杂粮等为主;养殖业以肉牛、肉羊、生猪为主。

清晨，太阳仍被厚厚的云层遮挡着，不见阳光，炎热的夏天有了一丝秋的凉意。雨后的青山翠色欲滴，空气中荡漾着淡淡的羊粪味，能勾起淡淡的乡愁。花枝招展的林间，小鸟在多情地轻吟低唱。广场上，图文并茂的宣传栏里有村情简介、村庄俯瞰图、青豆沟村地形图、产业发展简介等。路边的装饰墙上书写着9条村规民约，处处展现着民族团结示范村的风采。

郭满城曾是康堡村的村主任。他生于1952年，是土生土长的康堡人。他从小在村里上学，从五良太农业中学毕业后，19岁回村种地。大集体时，村里是"三少"，即人少、农具少、耕牛少，村里只靠三犋牛耕地。1980年，他当了康堡村的生产队队长。村子里只有几棵柳树，到处是流动的沙丘，一刮风黄沙漫天，对面看不见人。村里能浇上水的滩地、淤坝地少，粮地、旱地多，基本上还是靠天吃饭。

为了改变家乡的面貌，云二召带领村民打坝淤地造良田，并配套水利设施，使粮食产量逐年增高；植树种草治沙地，呈现山清水秀的新面貌。郭满城始终记得云二召曾经说过的话：乡村振兴，首先是人的振兴。

让农民产生价值，在村里做事情得心应手，这就需要加强基础设施建设，让基础设施向纵深延伸，如同人的血脉一样，血液只有畅通到神经最末梢，人才有活力。改善农村人居环境，提高农民生活品质，就要从农民所思、所想、所盼的每一件小事做起。

康堡村原来吃的是水井里的水，由于水位下降，吃水困难。1997

年，云二召向清水河县水利局反映情况后，打机井、建水塔、铺管道，家家户户都吃上了自来水。有了水，村民们不仅可以在院子里种菜，吃上蔬菜，还可以扩大养殖业，生活条件逐步得到改善。

016县道穿村而过，交通便利了，物资进出也方便了，村里的孩子们过去一年回来一趟，现在随时可以回来，人丁兴旺，经济实现持续发展。

1987年，青豆沟村委会从青豆沟搬到康堡村时，没有办公室，就在云二召家办公。1989年，村委会盖了五间办公室。1996年，村委会修整出200多平方米的小楼。2019年，村委会对原有的村委会办公楼进行扩建和改造，建起960平方米的军民连心楼，并增加了医务室、惠民浴室、便民超市、水冲厕所和为老餐厅，给村里带来了新气象。

就拿医疗卫生来说吧。2016年，政府给村里盖了一个20多平方米的医务室。2018年，村委会将医务室扩大到120平方米，两间各60平方米，并配备了桌椅和诊疗椅等。医务室有两名常年坐诊的村医王焕和杜建成，村民24小时可以看病。王焕和杜建成都是"赤脚医生"出身，24小时随叫随到，在村里行医40多年。以前，村里没有卫生室，他们或在家里看病，或出诊给村民治病。现在他们可以在卫生室里坐诊，从以前的治疗预防为主到现在对老年人健康进行指导。

村里的农民最怕看病。虽然有了医保，但交通不便，对医院的情况不熟。他们有了病，能熬就熬，能忍就忍。2019年11月12日，云文俊联系内蒙古国际蒙医医院的专家来到医务室，为青豆沟村200多户村民进行义诊。来的是精通汉蒙双语的医学博士，心脑血管病专家。诊断后，医生给村民们发药。之后，有些村民还去医院找他看病。村里每个村民都入了合作医疗保险，看病报销，分段诊治。乡县市住院三级诊治，从乡开始，有病买药，按次报销，看一次报一次，村民治病有了保障。

村里还建有便民食堂，可满足8~10桌的小型事宴的场地要求，且村民可以无偿使用。青豆沟村委会加强基础设施建设，让利于民，想方设法让农村更具有吸引力，让村民们能够留下来，这就是全心全意为人民服务的体现。

青豆沟村共打了36眼机井，10个自然村全部吃上了自来水。

农民洗澡难是北方贫困农村普遍存在的问题，也是提升乡村幸福生活指数的难点之一。青豆沟村在推进主题教育的过程中，紧扣群众需求，体民情，解民忧，把建设便民浴室作为一项民生工程来抓。便民浴室开放那天，村民们犹如赶大集，扶老携幼，端着脸盆，拎着换洗衣服，陆陆续续来到浴室门前排起长队。

"干净！舒服！方便！活了大半辈子，还能过上这样的好日子，咱乡下人也能天天洗澡啦！"青豆沟的一位老人说起便民浴室，由衷地竖起大拇指。

当看到第一位村民满意地从便民浴室清爽地走出，云文俊开心地笑了。这样的笑容不止一次出现在他的脸上，但这一次他笑得似乎更开心一些。

按照"集中投入,各计其功,形成合力"的原则,村委会科学统筹,捆绑使用,集中财力办好事,历时三个月投入10万元建成了青豆沟村首座便民浴室。浴室内分男间、女间,内设换衣间、存衣柜、搓澡台、休息长椅等,设施比较完善。周边村民羡慕不已,慕名而来,免费洗浴,美美地享受一番。不过问题很快出现了,有的人一直霸着水龙头,热水哗哗地流,不知道心疼;有的人为贪公家的水便宜,竟在浴室里面洗衣服。村委会只好再定规矩:不准在浴室里洗衣服,每人洗澡不能超过半个小时。一个浴室,除了解决了村民洗澡难问题,培养村民讲卫生的好习惯,还教会他们很多文明常识,如排队、讲秩序、守规则。针对便民浴室管理运行问题,村"两委"班子坚持"公建公办",由村"两委"班子成员轮班担任管理员,节省管理支出。

村委会用上了水冲厕所,村里家家户户也用上了生态环保厕所。生态环保厕所具有无污染、节水等特点,广泛应用于环境和条件受限制的地方,减少了人类粪便带来的环境污染问题,极大地方便了村民们的生活,提高了生活质量。

云文龙还从五良太乡开回一辆环卫压缩式垃圾车,因为此车具有自动反复压缩以及蠕动压缩功能,压缩比高,密封性好,装载量大,环保性好,自动化程度高,所以操作比较复杂,村里没有人能操纵它。云文龙就担任起义务垃圾转运员,定期清理村里的垃圾。现在的生活垃圾比较蓬松,所以占的空间比较大,垃圾运输次数比较多。这台压缩车可以直接对垃圾进行压缩，不仅能减少垃圾的运送次数，还可以很好地解决垃圾收集运输过程中造成的二次污染问题，净化了生活环境。

青豆沟村被清水河县委、县政府连续多年授予"文明村"称号，有一大批村民被评为"文明家庭""道德模范"。2020年，青豆沟村还被评为"全区民族团结进步示范村"。

云文龙深知这份荣誉的分量，这是全村父老乡亲自觉改造、华丽蜕变的结果。

他还计划开发旅游资源，如休闲观光农业、生态景区、鱼塘垂钓等，都是适宜游客休闲度假的项目。

悠久的历史、丰富的资源、淳朴的民风，孕育了青豆沟村的文明风尚。我在采访本上写下这样几句话：

民风淳朴且文明，汉蒙团结一家亲。

乡村振兴齐参与，敢教村庄换新容。

一枝独秀不是春，共同富裕圆美梦。

欣逢盛世感党恩，齐心协力家国兴！

这是康堡村最暖心的风景！

第八章

危房改造刻不容缓

青豆沟行政村位于清水河县东北端,距离县城43千米,距离五良太乡政府12千米,与和林格尔县大红城乡二十九号、二十三号万裕号村毗邻。所辖10个自然村,户籍人口456户1339人,常住人口203户466人,建档立卡贫困户52户203人。

青豆沟地处山区,自然村庄多为山庄窝铺。中华人民共和国成立以前,房舍简陋,除一部分富裕户修建了青石面石窑、四合院,大部分村民居住在破旧的土窑、石窑里。改革开放之前,青豆沟村沙多、地少、路窄、土稀,村庄破败不堪。生活在穷乡僻壤之中,村民们迫切希望改变现状。包产到户后,村民们的生活一天比一天富裕,他们最想做的事就是改善住宿条件,建起冬暖夏凉的石窑洞。

当年，云二召开着拖拉机，从山上弄上石头，经过七八千米坑坑洼洼的山路颠簸，给各家各户拉回来，请老师傅帮忙碹窑。几年后，村民们大多把土打窑变成了石砌窑，住宿条件有了极大的改变，村民们对生活也有了信心。还有一些村民由于生活贫困，居住的窑洞年久失修，已经变成危房，如果再不修缮，将会威胁到村民的生命安全。有些村民只愿意在旧窑的基础上翻盖，不愿意去盖好的房子里住。还有些村民想住上面积大一些的窑洞，又不愿意自己掏钱。为了解决贫困户的住房安全问题，县里制订了一些村庄收缩转移、整体搬迁方案，村民们故土难离，毕竟世居的村庄里，有他们的产业、土地和牲畜，这是他们生活的根本。

为了改变村民们根深蒂固的旧观念，树立积极向上的新风貌，云二召在村"两委"会议上给大家做工作："人无精神不立。我们要打起十二分的精神，带领乡亲们摆脱贫困，过上文明、富裕、幸福的好日子。"

村"两委"把"实事求是、因地制宜、分类指导、精准扶贫"十六字方针作为青豆沟村民脱贫致富的良策，它如同一把金钥匙，打开了四面坏山的小山村。

2014年，青豆沟村打响了脱贫攻坚战。

2015年，青豆沟村"两委"把危房改造工程当作重要的民生工程来抓，统筹组织，精心策划，周密部署，造福于民。一是加大宣传，营造"全民积极参与，共建宜居农村"的氛围，通过召开村"两委"

会、村民代表大会和进村入户等形式，为农村危房改造工作扎实推进奠定坚实基础。二是对照政策，严格把关。严格按照实施标准和条件，即村民的土窑、土坯窑和土木结构的房屋都属于危房。如果房屋已经不具备改造条件，根据危险程度让村民拆除重建。国家给贫困户每户补贴房款2.4万元，建筑面积为60平方米，保证村民有房住。面积需要增大的，增加部分的费用自行承担。通过农户个人申请、村民民主评议的操作流程，选出"最需要的群众，最危险的房屋"，并对筛查后的危房户进一步核实，并及时公开本村危房改造实施方案、评选结果等，接受广大群众的监督。

按照政策，先对大库伦自然村的四户贫困户进行危房改造。

杨三是村里的贫困户，有两个女儿和一个儿子。二女儿身患尿毒症，家里因病致贫。全家五口人住在两间土窑里，土窑年久失修，用一根棍子撑着，随时有坍塌的危险。村委会为他申请到危房改造补助款，在原地基上盖起60多平方米水泥结构的新房子，全家的生活条件得以改善。

强某女的丈夫是一名老党员、退伍军人，有两儿一女。丈夫因病去世不久，大儿子也因车祸离开人世，留下个儿子，由她抚养。女儿有两个孩子，也需要她帮衬。丈夫在世时，碹起了三间石窑，因为没钱装修，仍住在两间烂土房里。2016年，云二召通过危房改造项目，协调了工程队，给她家装修了两间窑，让他们搬出了危房。2019年，全村通自来水时，强某女因为自己家院子里有水井，坚决不同意通自来水。云文龙当上村主任后，她家水井水位降低，吃不上水了，她便去找云文龙。云文龙考虑到大库伦村还有杨占和、杨凤升家没有通自来水，就派人为这三户铺了管道，装上自来水，解决了吃水难问题。

杨小四，时年89岁，一直住在破旧的土窑里，没有劳动能力。云二召按要求对他的危房进行改造，使他住上了新房。

杨某蛇也是大库伦村的贫困户，子女多，生活困难。他家住在几十年前的土窑里，白天如黑夜一般，外面没有穿廊，一刮风直接灌进家里，冬天十分寒冷。2016年，危房改造的时候，他坚决不同意对他的房子进行改造。2020年，脱贫攻坚回头看时，云文龙出于对他们一家人的安全考虑，动员他进行危房改造。因为国家补贴的2.4万多元不够建新房，杨某蛇还是不同意。他的儿子和女儿都在外地打工，云文龙就打电话和他们沟通，他们补上不足款，还给建起的新房子装修，一家人终于住上了新房。

2018年，新一轮的农房改造和危房改造启动，青豆沟村将对陈某永等13户进行危房改造。经过县、乡两级政府的实地考察和评价后，这13户的档案均登记入册，张榜公布后，给他们发放了贫困帮扶卡，他们成为精准扶贫对象，属于建档立卡贫困户，是国家重点扶持的对象。村里为他们提出危房改造申请。危房分为A、B、C、D四级。A级结构承载能力满足正常使用要求，无腐朽危险点，房屋结构安全。B级结构承载能力基本满足正常使用要求，个别结构构件处于危险状态，但不影响主体结构，基本满足正常使用。C级部分承重结构载力不能满足正常使用要求，局部出现险情，构成局部危房。D级承重结构载力已不能满足正常使用要求，房屋整体出现险情，构成整幢危房。陈某永是七墩窑的精准贫困户，按照这四个等级，他家房屋的级别属于D级，享受国家补贴，建起新窑。其他几户与他的情况类似。

2015年和2018年，青豆沟村先后对17户建档立卡贫困户进行危房改造，使10个自然村的住房全部达到安全标准。

如今，青豆沟村村民全部脱贫。有了党的好政策，村民们实现了安居乐业，幸福感、安全感和获得感提升。这些，我们可以从他们脸上洋溢的笑容中感受到。

第四篇 山村蝶变篇

第九章

幸福院里的笑声

青豆沟村的"上三村",包括波波代、七碾窑和达赖哈达三个自然村。这三个村都在山上,长年缺水,生产生活条件恶劣。2015年,被清水河县确定为收缩转移村。达赖哈达村,在青豆沟村委算是条件最艰苦的村,饮水困难,交通不便,但凡有劳动能力的村民都不愿意离开世代耕种的土地,背井离乡。

云__召产生了一个想法,就是将达赖哈达村这些老年人迁移到生活条件比较好的康堡村。2015年,青豆沟村"两委"一致同意,在康堡村建幸福老人院。他们把址选在村委会对面的阳坡梁上。这里是村中心,下了坡就是016县道,出入十分方便。他们还做了规划设计图,每户房屋面积60多平方米,东西分开两排,连排组成。每户配套卫间和自来水。门前有庭院，共25间房。这样既有独立小家庭的感觉，又便于邻里间往来。老年人入住只需交3000元押金，待老人百年之后，交房子退押金，以便将房间分配给其他需要入住的老年人。

2016年春节前夕，康堡村格外热闹，家家户户张灯结彩，燃放鞭炮，庆祝幸福老人院的建成。达赖哈达的19户人家全部从原来只有30多平方米的土窑洞迁入新居，剩余的几间房安排了其他自然村的孤寡留守老人。这些住户中，最大的90岁，最小的58岁。

老年人在这里生活挺幸福。花前亭下，打扑克、下棋、玩纸牌、听评书……安度晚年，好不悠闲自在！身体条件好、有劳动能力的，还能在附近的种羊场、甜玉米加工厂和阳光玫瑰葡萄基地打工。

一辆集装箱货车停在幸福老人院前卖货，老人们呼啦啦围上去，看这个买那个，兴趣盎然。

有人问车主："磨车耗油的往乡村跑，能挣上钱不？"

车主将口罩一摘，说："新时代的乡村是一个出货快的大市场。一年三百六十五天，我天天早上搭配上满满一车食品、日用品……专拣乡村跑。一进村，车还没停稳，老人们就蜂拥而至，掏出来的全都是百元的红票票，可舍得花钱买东西呢。尤其是你们青豆沟，我来得最勤。"

一个坐在轮椅上的男人离开人群，用手摇着轮椅，向青豆沟村便民服务中心军民连心楼而去，最东边的一间是他开的便民超市。他叫刘白小，是住在幸福老人院中年龄最小的，时年58岁，已经致残8年。从种植养殖大户到残疾人，刘白小经历了艰难的心路历程。他常常劝慰自己：人出生的那一刻，端什么碗，吃什么饭，经历什么事，什么时候和谁结婚，都有定数，别太难为自己，顺其自然就好。自从入住幸福老人院后，他那贫困的生活才有了转机，觉得生活有了奔头。

刘白小，祖祖辈辈生活在达赖哈达村，靠种地为生。他有一儿一女，全家共四口人，住在两间土窑里。他和妻子辛勤耕种着50多亩坡梁地，还养着120多只羊和一些牛、猪、鸡。他每天起床要做的第一件事情，就是拉上驴，套上两个木桶，去两千米外的后沟驮水。他一次能驮100多斤水。他还打了两眼旱井，将雨水储存起来。这井水一年后澄清才能喂牲口，所以两眼井轮换着用。夫妻俩每天起早贪黑，受苦受累，倒是可以吃有余粮，花有余钱，过上"老婆娃娃热炕头"的舒心日子。

天有不测风云，人有旦夕祸福。一件祸事将刘白小一家从幸福的顶端打入人生的谷底。

2014年4月16日，刘白小及家人同去和林格尔县的亲戚家搭礼。中午坐完席，刘白小骑上摩托车回清水河，家人们坐着村里的三轮拖拉机跟在他后面。因道路崎岖不平，加上他多日没有休息好，十分疲劳，稍不留神掉进了路边的水沟里。从后面赶上来的家人看到后将他送到呼和浩特市一家医院，确诊为高位截瘫。他住了40多天院，花了20多万元，那可是他们夫妻多年的积蓄。出院的那天，他坐上了轮椅，再也不能站立行走。

刘白小失去劳动能力后，村干部劝他搬进幸福老人院。可无论村干部怎么劝，他就是不肯搬，说要在土窑里终老。经云二召、杨全等人多次上门做工作。2016年，他才同意搬出土窑，住进幸福老人院砖木结构的房子，住宿条件得到改善，但生活没有保障。2017年，村"两委"确定其为贫困户，全力进行帮扶。他家托养牛和驴，每年每人可分红2000元。女儿出嫁、儿子参军后，他享受低保，并且办了残疾证，一年有两万多元的收入，生活有了保障。

2020年，刘白小家脱贫。村里决定，即使脱贫也不脱帮扶，他可以继续享受牛和驴的托养分红。

这年冬天，驻村第一书记云文俊陪同县、乡的领导在村里检查工作，看到坐在轮椅上的刘白小，问他："你有啥想法？"

刘白小说："我想开一家小超市，就是没地方。我在我们家开行不行？"

他的想法被否定了，但云文俊说："你再等等，我来想办法。"

青豆沟村委会办公楼扩建后，云文俊和村"两委"商量，留出一间房子给刘白小开便民超市，大家都没有意见。房子有了，但刘白小没有钱装修，也没有钱进货。云文俊又帮他办了精准扶贫贷款5万元，实现了他开一家小超市的梦想。

刘白小的便民超市开张了，里面都是生活日用品。这是康堡村唯一的超市，不仅为村民们的生活提供了便利，也拓宽了他的生活经济来源，增加了生活乐趣。

　　闲暇时，幸福院的老人们也会聚在他的超市里，打打扑克，拉拉家常，这里充满了欢声笑语……

第十章

铸牢民族团结魂

青豆沟村是汉蒙交汇的村落,民族文化融合,具有极大的包容性与开放性。

青豆沟的社会变迁是以独特的生态环境为依托的,八旗马场的地理环境造就了这一地域几百年的游牧传统。清代以后,青豆沟形成游牧文化与农耕文化交汇相融的格局。

青豆沟的民族融合经历了三个阶段。

前期,放垦是汉蒙民族文化交融的起步阶段。清代,清朝实行戍边放垦政策。内地移民以"雁行客"的身份"跑青牛犋"。春天,他们赶上牲口,用"二饼子车"拉上犁、耧等农具,来到口外租种当地人的土地。就地在坡梁上挖土窑,作为临时居所,就算安家落户了。

他们辛苦耕种半年，秋收的时候，按二八股或三七股分成，把交租后剩下的粮食拉回口里。他们年年往返，循环不断。

中期，大量蒙古族牧民从事农耕生产，汉蒙交流加深。光绪年间，放垦以后，汉族农民逐渐向蒙古族聚居的牧区扩展迁徙。由于强行开垦，绝大部分宜牧草场变成农田。20世纪初，蒙古族牧民从事农耕生产。清末放垦的绝大部分土地，都是早已开垦的"熟地"。农民交了所谓的"押荒银"，由垦务局发给部照，他们凭此拥有土地的永久使用权。这样一来，大批"雁行客"定居下来，由流动人口变为真正的移民。早年"跑青牛犋"的汉族移民的临时住所发展成村落。青豆沟10个自然村，每个村只有一两个姓氏，他们的祖先便是"跑青牛犋"的移民，也是村庄的创始人。

蒙古族虽然也曾有过农耕经历，但是主要以牧业为主，农业只是附带性生产。他们种植的只是糜、黍等谷物，其耕种与收获方式较为原始。随着内地农业人口的到来，当地蒙古族开始向其学习种植谷子、荞麦、莜麦等杂粮，尝试种植豆角、胡萝卜、葫芦等蔬菜，同时逐渐掌握了一些精耕细作的生产技术。后来，由于土地退化，产量下降，他们开始学习沤制圈肥，改变以前将牛羊粪当燃料的做法，施肥、浇灌、除草。他们既注重保持水土，又注重与洪水做斗争，保护田地，特别是一些沟渠地。汉族打洪坝淤澄土地，在防洪堤岸上栽种沙柳、柠条和杨树，保田又保收。他们长期在牧区生活，学会了蒙古族的牲畜养殖方法，学会了优选牧场，抗灾保畜，学会了制作乳品等生活技能。他们注重保护牧场，尽量经营自己的原耕地，很少随意开垦牧场种粮。他们懂得"以牧促农，以农养畜"的道理。

民族团结是我国各民族人民的生命线，中华民族共同体意识是国家统一之基、民族团结之本、精神力量之魂。青豆沟村长期以来的民族融合，离不开老一辈人的带头作用。在康堡村传颂着这样的故事。有一年，康堡村来了一位老喇嘛。他从青海云游来内蒙古，突然身染疾病。他听说康堡村的蒙古族对人很热情，特来此养病。云二万听说这件事后，在村里给他赁了一间土窑居住，一日三餐供养着他。老喇嘛病好后，也没有离开，云二万给他养老送终。包产到户后，云二万家分了两头牛。村里一户姓魏的汉族家里没有牛，云二万就把其中一头牛牵到魏家说："这头母牛归你使用，它下了牛犊子归你，你再把这头母牛还我。"魏姓村民感激不尽。

这些故事一直是云二召搞好民族团结的动力。作为蒙古族干部，凭着对民族团结工作的热情和为人民服务的工作态度，用实际行动带头发挥共产党员的先锋模范作用，为民族团结作出积极贡献，形成了民族团结一家亲的局面。

多年来，在云书记的带领下，村"两委"在做好民族团结教育基础工作的同时，大力开展民族团结进步模范创建活动，不断深化创建工作内涵，成为维护社会稳定、促进民族团结互助与和谐共处的桥梁和纽带。他们将民族团结工作放在首位，担当重任，努力提高村干部维护民族团结的自觉性。讲原则、讲团结、讲稳定，识大体、顾大局，自觉宣传党的民族政策，牢固树立民族观和"三个离不开思想"。勤于了解村民的思想动态，有高度的敏锐性和预见性，对可能出现的问题及时做好思想工作，总是把问题消灭在萌芽状态。制定和完善各项规章制度，干事靠制度，做到言行一致。廉洁自律，勤政务实，从不计较个人得失，任劳任怨，千方百计为群众服务。制定了《青豆沟村规民约》共9条，包括倡导爱国守法、热爱祖国、热爱家乡，学法、知法、守法，同一切违法犯罪行为做斗争；倡导积极学习贯彻习近平新时代中国特色社会主义思想，培育践行社会主义核心价值观，学模范、知荣辱、讲正气、树新风；倡导全民参与扫黑除恶专项斗争，巩固基层政权，"有黑扫黑、有恶除恶、有乱治乱"，创造安居乐业的社会环境；倡导邻里和睦、民族团结，村民之间友爱互助，相互理解，不打架斗殴，不酗酒滋事，不造谣惑众，不搬弄是非；倡导保护环境，积极参与村内人居环境整治工作，不随地乱扔、乱倒、乱堆垃圾和柴草，保证保持村容村貌和庭院整洁；倡导文明新风，移风易俗，反对铺张浪费，喜事新办，丧事从简，文明祭扫，不搞封建迷信活动，不参加邪教组织，树立良好的村风、民风；倡导孝老爱亲，尊老爱幼，孝敬父母，关爱留守儿童；倡导勤劳致富，勤劳脱贫，携手致富，扶贫不扶懒，帮穷更帮勤；倡导护林防火，人人有责。

　　对村民们来说，村党支部更像是一个团结、友爱、互助的民族大家庭。他们解决村民生产生活中的实际困难，切实维护群众的利益。每逢传统节日，他们会带上慰问品，慰问低保户及贫困户，在他们遇到困难时伸出援助之手。每逢村民生病，云二召还从承包的鱼塘里打上鱼去看望村民，嘘寒问暖。在调解矛盾纠纷时，他们把人民的利益放在前面，一碗水端平，不偏不倚，得到村民的充分信任和依赖。各族村民在生产生活中互帮互学、关心照顾，亲如一家，建立起深厚的情谊。

　　乡村振兴是一场艰苦而漫长的跋涉，不仅需要资金、政策和人才，也离不开乡土文化的代代相传。文化是一个民族的魂魄，文化认同是民族团结的根脉。只有加强各民族交往交流交融，才能铸牢中华民族共同体意识。

第五篇　乡村振兴篇

环境好了，生活才能更好。良好的人居环境是广大农民的殷切期盼，要坚持绿色发展，打造农民安居乐业的美丽家园，让良好生态成为乡村振兴的支撑点。

——2018年3月8日习近平总书记在参加十三届全国人大一次会议山东代表团审议时发表的讲话

在60多年的发展历程中,青豆沟人逐渐形成一种精神:矢志艰苦奋斗,勇于开拓创新。其中既有吃苦耐劳、艰苦奋斗的实干精神,又有尊重规律、因地制宜的求实态度,还有勇于探索、与时俱进的创新理念。这种精神,虽非青豆沟人所独有,却在青豆沟这块土地上生根发芽,乃至被一代代人继承和发扬。

如果说"改天换地"是强者的呐喊,"尊重规律、因地制宜"则是智者的选择,也是科学发展的完美诠释。在经历摆脱贫困、解决温饱到迈向小康三个阶段后,青豆沟人的生活越来越好,老一辈"改变家乡的面貌,让乡亲们过上好日子"的梦想已经变成美好现实。如今,才有了乡村振兴的强村富民梦。

云文龙接过父亲云二召手中的火炬,薪火相传,挑起村支书、村主任的重担,因地制宜,探索生产发展、生活富裕、生态良好的绿色之路。以生态农业立村,展现产业欣欣向荣、乡村美美与共、生活蒸蒸日上、治理井然有序的新局面。聚焦群众所盼,让村民们在乡村振兴中更有获得感、幸福感。

千年夙愿,今朝梦圆,乡村振兴春满人间!

第一章

希望的种子

春天,是万物复苏的时节,也是播撒希望的时节。它包含着勤劳与付出、希望与期盼。有诗云:

东风带雨逐西风,
大地阳和暖气生。
万物苏萌山水醒,
农家岁首又谋耕。

对农民来说,有春种,才有秋收。

自从云二召担任青豆沟村党支部书记后,就特别喜欢春天。春天在他眼里还有一层特别的含义。每年的中央一号文件就是希望的种子。在云二召的记忆中，1982年至1986年，中央连续五年的一号文件，主题都是围绕农业、农村和农民的，对农村改革作用巨大。他上任后，反复琢磨每年的中央一号文件，特别是2004年的中央一号文件重新聚焦"三农"问题，2005年的一号文件再次以"三农"为主题。他的许多迷茫、困惑能在这两个一号文件中找到答案。

2006年的中央一号文件，拉开了社会主义新农村建设的帷幕。云二召捧着文件，逐字逐句消化吸收，如饥似渴。"只有发展好农村经济，建设好农民的家园，让农民过上宽裕的生活，才能保障全体人民共享经济社会发展成果，才能不断扩大内需和促进国民经济持续发展。"这些话句句说到云二召的心坎儿里。读到第17条"加强村庄规划和人居环境治理"，云二召眼前一亮：农民生活水平提高后，特别是全面建成小康社会步伐加快，人人都想住上好房子，希望村庄变得更美。读到"进一步完善农村'五保户'供养、特困户生活救助、灾民补助等社会救助体系。探索建立与农村经济发展水平相适应、与其他保障措施相配套的农村社会养老保险制度"，他心想：社会主义新农村建设，不能忘记这些生活困难的老百姓，要让他们共享农村改革发展成果。于是，他萌生了一个念头：在康堡村建养老院，把达赖哈达村的老年人都迁移过来，让他们安度晚年。他的这个愿望直到2015年才得以实现。

2018年春，云二召十分振奋，备受鼓舞。这年的一号文件，主题是决胜全面建成小康社会，实施乡村振兴战略。3月18日，习近平总书记参加十三届全国人大一次会议山东代表团审议时，又对实施乡村振兴战略发表重要讲话，提出推动乡村产业、人才、文化、生态、组织"五个振兴"。

在村民代表大会上，云二召兴奋地说："一年之计在于春。我们也要抓住机遇，围绕'五个振兴'，顺势而上。"

青豆沟村是一个了不起的村庄。青豆沟人的日子一天比一天好，云二召的身体却一天比一天差。他觉得是时候把青豆沟村发展的担子彻底交出去了。事实上，他很早就有意让年轻人来接替他的职务。为此，他多次向五良太乡党委、政府提出退居二线的要求，但那时从上到下都认为条件还不成熟。毕竟，云二召已担任了近30年的村支书，带着全村人闯过改土造田、治沙造田、循环养殖、生态建设等一个又一个重要关口，取得一项又一项耀眼的成绩，已经在村民们心中拥有很高的威望。2018年6月，在支部换届时，他满票当选支部书记。8月底，在村委换届时，800余名选民投票，他又以全票当选村主任。因党组织的信任和乡亲们的重托，他就像一把火炬，燃烧自己，照亮前行的道路。

云文龙像他父亲一样，喜读中央一号文件。他知道，每年的中央一号文件一公布，父亲就像寻宝似的，逐字逐句，细细咀嚼，从中寻找发展机遇。2020年春，他拿着文件，一字不落地通读了一遍。第24条的几段话，让他眼睛一亮："将农业种植养殖配建的保鲜冷藏、晾晒存贮、农机库房、分拣包装、废弃物处理、管理看护房等辅助设施用地纳入农用地管理，根据生产实际合理确定辅助设施用地规模上限。农业设施用地可以使用耕地。……开展乡村全域土地综合整治试点，优化农村生产、生活、生态空间布局。在符合国土空间规划前提下，通过村庄整治、土地整理等方式节余的农村集体建设用地优先用于发展乡村产业项目。"

2022年春节过后，云文龙召开了一次村民代表大会，领着大家重温一号文件，畅谈新一年的打算，把大伙儿的心都扇热了。

云文龙说："自2003年以来，中央一号文件皆为'三农'，近年来更是倾力扶持，多方力量叠加。这已是第十七个指导'三农'的一号文件了，脱贫攻坚质量怎么样，小康成色如何，很大程度上要看'三农'成效。文件里要求补上全面建成小康社会中的突出短板。大伙儿说说看，咱们村的短板在哪里？"

"现在有车有房，生活无忧，我已经很知足了。"

"是啊，这生活搁10年前，想都不敢想，该知足常乐。"

"你现在知足了，过几年又嫌这嫌那，想过更好的日子。"

云文龙笑盈盈地说："今天不要你们摆好的，要找短板。"

"脱贫攻坚的基础还不够牢固。"

"增收渠道也不够广。"

"粮食生产还离不开靠天吃饭。"

…………

村民代表们你一言我一语，讨论热烈。

云文龙说:"你们说的都有道理,不过我觉得,同全面小康的标准相比,我们最突出的短板是,村民的文明素养、道德修养、思想境界还有很大差距。有的人,眼里只有自己的一亩三分地,对集体的事不闻不问;有的人过于看重自己的利益,为了芝麻粒儿大的事儿,导致亲人反目,邻里成仇;有的人只顾着自己的小日子过得滋润,顾着老婆孩子热炕头,对老人不关心、不孝顺;有的人把发家致富看成自己的本事,对党、对国家、对社会,没有一点感恩之心,也不想想,我们今天的住房、道路、交通、水电等基础设施的发展,离不开党的好政策和各级政府的关心和支持。我们的祖辈、父辈,吃苦受累一辈子,为什么一生贫困?难道他们不勤劳、不下力?我们应该庆幸赶上了好时代,但不能让脑筋还蜗居在以前的低矮土窑里,文明素质跟不上新时代。乡村振兴,肯定不只是经济的振兴。没有文化,乡村就没有根和魂。乡村振兴的路,还很长很长呢!"

听完云文龙的一番话,大家一个劲儿点头。

这时,传来一阵鸟鸣声:"布谷,布谷……"

"听,布谷鸟催我们播种呢!"会场的气氛顿时热烈起来。

窗外,一股沁人心脾的芳香扑面而来,那是春天的气息。

哦!等待他们的将来——农业是有奔头的产业,农民是有吸引力的职业,农村是安居乐业的家园。

乡村振兴的春天正在召唤着他们一路前行……

第二章

"90后"第一书记

经过几年的脱贫攻坚战,青豆沟村落后的面貌已被席卷而去,迎来翻天覆地的变化。正值巩固拓展脱贫攻坚成果同乡村振兴有效衔接的关键时期,青豆村迎来一位"90后"驻村第一书记刘志富。

刘志富被派来驻村,纯属偶然。有一天,呼和浩特春华水务开发集团有限责任公司党委副书记来子公司呼和浩特海纳源清水环境发展有限责任公司检查工作,作为安全管理部部长的刘志富陪同检查。之后,副书记找他谈话:"集团公司准备派你去当驻村第一书记,你看家里能不能走开?"原来,公司决定下派的那个人,因家里有事去不了。那个人向单位反馈情况的时候,已经到了报到时间。事发突然,刘志富没有一点心理准备,有点诚惶诚恐,压力和责任沉甸甸地压在他的心头。

刘志富，1991年12月出生，2018年11月入党，2018年被呼和浩特海纳源清水环境发展有限责任公司评为"优秀员工"，2019年至2021年连续三年被评为"呼和浩特春华水务开发集团有限责任公司安全生产先进个人"。

他想：这是政治任务啊！作为一名共产党员、先进个人，这点觉悟是应该有的，便痛快地答应道："我去！"

为此，他克服了许多困难。他的爱人是学会计的，现在孩子才两周岁多，为了能让孩子充分享受到母爱，辞掉了心爱的工作。本想等孩子上幼儿园以后，由他每天接送孩子，爱人找份工作再就业。现在不仅原来的计划被打乱了，而且家里的事他也帮不上忙了。令他感到欣慰的是，爱人并没有拖后腿，很支持他的工作。

2021年9月16日早上刘志富接到集团党委通知，要求中午之前必须去清水河县委组织部报到。接到通知后，他第一时间带着办公用品和生活所需物品，按照报到时间要求，在白旗窑村的驻村第一书记的带领下，一路从呼市疾驰而去，中午11点58分到达县委组织部报到，下午赶到了五良太乡政府报到，然后到达青豆沟村委会正式开启了驻村帮扶工作。

带着几分渴望和试飞的喜悦，刘志富住进村委会驻村工作队队员的宿舍里。他除了有读书人特有的文雅，还说着带有呼和浩特土默特左旗口音的话，是一个接地气的平凡人，和这个民族团结进步示范村十分和谐。他不断汲取乡村的泥土气息,感觉陌生而又熟悉。他深深感到,深爱这片黄土地的青豆沟村村民,用智慧创造出了更好的模样,一片片淤洪澄地澄出来的良田,一排排智慧阳光玫瑰大棚,一行行新型灌溉设备,一片片柠条果林,给这片土地注入新的活力。

"我要始终和人民一条心、一起干,用奋斗创造属于我们的美好生活,守好人民的心,全心全意为人民服务,用真情和汗水谱写非凡人生。"刘志富默默许下承诺。

驻村第一书记,听起来很神气,可究竟能为百姓做些什么呢?刘志富觉得,驻村第一书记,就是为巩固拓展脱贫攻坚成果、全面推进乡村振兴服务的。他要踏踏实实做好每一件小事,边学习边工作,巩固脱贫攻坚成果。

过完国庆节,刘志富便与村干部一起走访入户,了解掌握了46户脱贫户的实际情况。他从早到晚对重点人员进行摸底,测算家庭收支情况,享受国家低保政策和补贴情况,退耕还林转移性补助和生态补助等,给每家每户算得清清楚楚,这个测算过程十分费劲,过程比较漫长。一、三季度开展十类重点人群摸排,二、四季度开展防止返贫监测帮扶全面排查工作,了解每一户村民的生活、生产状况,"两不愁三保障"安全饮水问题,安全住房问题,健康、教育等情况。对因病、因灾、因意外突发事故等导致出现返贫致贫风险的,事实清楚、群众认可的农户,第一时间通过"绿色通道"先行落实帮扶措施,后

第五篇　乡村振兴篇

履行相关程序，建立起快速响应机制，做到"遇困及扶"。2021年有三户农户因病导致家庭困难，经村"两委"、驻村工作队、村民代表开研判会，全部列入了监测范围。对于不需要列入的做好未纳入人员特殊台账，证明没有列入监测范围的原因。

通过走访，刘志富对贫困户有了大致的了解，对村庄的基本情况也有所掌握。他每年摸排每户享受的政策和措施，做好记录。他还做问卷调查，了解家庭情况、帮扶措施等，做满意度调查……每个脱贫户都是一户一档。他认真整理历年资料，做好处置工作，了解具体做法和工作范围。

通过他们一丝不苟的工作，在迎接上级巩固脱贫攻坚成果实施乡村振兴的评估检查时，青豆沟村的工作得到认可。

刘志富知道，驻村第一书记面对的是老百姓，需要解决的问题也是各种各样的。他参与户厕改造工作。青豆沟行政村下辖10个自然村，常住户230户实现全覆盖，让村村户户用上生态厕所。新建的生态厕所，大的放在流动人口多的地方，小的一户一厕，双坑复插式，中间有挡板，坑内有双管排气，粪便满了用吸粪车清理。生态厕所既干净又方便，一改村里旱厕的脏乱差情况，美化、净化了村庄环境。他负责健全档案，一个厕所做了11页的报表，从前期工作，经农户同意、授权，资金投入，开展建设，到后期的验收。小厕所，大民生。这是响应国家号召，也是乡村改变人居环境的一部分。为了使生态厕所能正常使用并得到及时维护，教育和引导村民培养健康卫生的生活习惯，他们摸索出一套行之有效的机制，形成建、管、修、用并重的长效管护机制，切实改善农村人居环境，提高村民生活品质，增进村民福祉。

刘志富从驻村工作开始就没有轻松过，工作似乎永远做不完，但他做起来得心应手。

2021年，波波代村的村民问刘志富能不能给他们村拉个网。因为达赖哈达、波波代和七墩窑，原被划为收缩转移村，留下的都是些老年人，通信信号不好，打个电话只能爬到山梁上，通网的问题十分重要。刘志富和云文龙书记便一起去和联通公司联系，全力协商解决。

驻村的日子有苦有乐，他最大的乐趣就是为百姓做些什么，最大的困惑是不被理解。有人说，扶贫可大可小。只要把档案做规范就可以了，可刘志富认为表面文章都是次要的，真正躬下身深入百姓中，了解他们的疾苦，解决他们的实际困难，让百姓感到温暖，才是真正的规范。

刘志富从小事做起，经常性走访联系群众，深入田间地头、老百姓家中，详细了解他们的生产生活状况，推动落实党的各项惠民政策，帮助老百姓解决急难愁盼问题。群众利益无小事。每次看到老百姓充满信任的眼神，听到老百姓对他充满希望的话语，渐渐得到老百姓的认可，他觉得自己所做的一切都是值得的。

后沟自然村大部分群众都搬迁至新村居住，只剩下两户人家，其中李二旦上了年纪不愿意搬。考虑到出行问题，村里给修了一条路，确保他们出行安全。

每逢节日,刘志富和村"两委"的成员就去后沟、大库伦等自然村慰问,为孤寡老人和留守儿童送去大米和白面,给予关爱。

刘志富向派出单位打了个报告,说:"村里的机井配套设备老化,建议对机井进行维修、维护,正在等待批复。"

在刘志富看来,驻村第一书记不需要豪言壮语,不需要惊天动地,关键是干好党和政府交办的工作,干好老百姓最需要的事情,解决老百姓最基本的问题。

第三章

进军甜玉米市场

2022年9月,正是甜玉米丰收的季节,青豆沟村的甜玉米加工也迎来了生产高峰。

随着生活水平的提高,人们对食品的要求也越来越高,对营养丰富、方便实惠、风味独特的植物产品,更是情有独钟。甜玉米,正是符合这种要求的果蔬食品。

甜玉米,是玉米中较为特别的品种,又称蔬菜玉米。它富含蛋白质、多种维生素、膳食纤维、胡萝卜素等营养成分,集中了水果和谷物的优质特性,具有甘甜、新鲜、脆嫩的特点,是果蔬兼用的新型食品,受到众多消费者的青睐。甜玉米因其含糖量高、收获期长等优势而被广泛种植。

我国是世界上较早开展甜玉米研究和开发的国家，甜玉米育种始于20世纪50年代初。1968年北京农业大学即如今的中国农业大学，首次育成"北京白砂糖"甜玉米品种。通过引种和育种，现已拥有数目众多的甜玉米品种。

由于甜玉米（特别是超甜玉米）种子一般籽粒较瘦、粒小，发芽、拱土、出苗比普通玉米种子困难，所以要精细育苗。在种植时，要精细整地，选择土质疏松、土壤肥沃、排灌方便的地块。为保证甜玉米的食用品质，在选地种植时，要与普通玉米品种隔离，以避免因相互串粉而降低品质。隔离方法一般采用空间隔离和时间隔离，以空间隔离为好。

甜玉米是一种商品，因此要注意果穗的产品特性，不能单纯考虑单产量。果穗是分级收购的，尤其用于出口或加工用，要尽可能提高一、二级产品率，要依据商品要求、经济效益的大小来确定适宜的种植密度，尽可能在单位面积上有更高的经济收益。在一般中等肥力土壤中种植，以4000株/667平方米为宜，早熟品种可以密一些，晚熟品种可以稀一些。

2017年，清水河县蒙瑞丰种养殖专业合作社投资800万元，建设了8000吨生产能力的甜玉米加工厂。次年，正式投入生产运营，带动周边农户大量种植甜玉米。甜玉米加工项目，采用"公司+农户"的方式，以订单的形式，组织农户种植甜玉米，无论价格怎么浮动，都按订单价格收购，使青豆沟村玉米种植从传统粗放式向现代精细化转型。每吨按900元保护价收购，每亩可增收300~700元。

从2019年开始，合作社每年与240多户农民签订种植订单。青豆沟种植甜玉米4000多亩，其中贫困户41户，种植390亩。周边农户种植甜玉米3000多亩，农户收入每年每户能提高700多元。清水河县蒙瑞丰种养殖专业合作社和呼和浩特市腾翔合作社，每年为村民提供工作岗位、带动就业70多人，发放薪金100多万元。这是青豆沟村立足实际，创新发展思路，积极探索"生态优先、绿色发展"的新路的重要举措之一。

青豆沟村主要作物为高产玉米、甜玉米。村民的高产玉米连同秸秆加工成青贮饲料，足不出户就被本村的牛羊养殖场高价订购，成了牛羊最好的饲料。每到玉米成熟的季节，整车整车硕大的甜玉米棒子，经蒙瑞丰种养殖专业合作社的甜玉米加工厂一个循环加工，便成了全国各大市场的抢手货。

甜玉米加工厂实行季节性生产，每年8月至10月为生产季。厂房外面，甜玉米堆成小山。工人们正忙着把刚采摘回来的甜玉米棒放进窗户外面的剥皮机，等剥完皮后，通过输送带送到里边的加工流水线，一派繁忙的景象。走进加工厂空旷的厂房，一整套全自动流水线从屋外一直延伸到厂房门口，整条生产线有百十来米。经过脱粒机加工的玉米粒，进入清洗机清洗干净后，进入蒸锅蒸熟，之后进行分类和真空包装。真空包装机器会按统一规格自动筛选玉米粒，符合标准的玉米粒会真空包装成开袋即食的甜玉米，之后再送入冷冻仓库储存，等待销往全国各地。不符合标准的颗粒会从另一个出口进入青贮窖作为饲料。这种青贮饲料糖分含量高、营养价值高，是养牛场的首选饲料。厂房里，到处弥漫着甜玉米的清香。

这条甜玉米生产流水线设备精良，效率高，蒸熟的玉米粒口感软糯香甜，全天60人作业可日加工鲜玉米棒60吨，最多日加工鲜玉米棒可达200吨。待甜玉米成熟时期，合作社每天需要雇60多人采摘玉米。

北方的甜玉米因昼夜温差大，糖分高，加工出的成品比南方玉米的口感、质量要好。但北方的甜玉米加工生产线几乎为零，合作社引进的全自动生产线填补了这项空白。通过精加工以后，甜玉米成品每吨可卖到4000元，利润翻了一番。目前，合作社只是初级加工，生产的甜玉米主要添加在火腿肠和雪糕里，做成玉米火腿肠和玉米雪糕，也可以做成罐头出口或供饭店配菜使用，用量很大，供不应求。但甜玉米加工销售的弊端是下游商家掌握玉米市场的话语权，有时候大丰收，商家会压价。甜玉米跟别的玉米不一样，熟了就得摘，摘晚了就会影响口感、糖分密度和淀粉含量。甜玉米加工厂还建起一个大型冷库。推开包裹着铁皮的冷库大门向里望去，一层层高至屋顶的货架上摆满了沉甸甸的、白色的袋子，习习冷气逼人后退。把加工好的玉米成品，先速冻储存起来，等到玉米行情转好的时候再出售，这样主动权就掌握在了自己手中。

乡野长歌

　　近年来，青豆沟村通过标准化、绿色化生产，全程质量监管，全产业链经营，产业化融合发展，努力做大做强甜玉米产业，以蒙瑞丰种养殖专业合作社甜玉米种植和加工为依托，有力地促进了甜玉米产业的快速发展，为清水河县甜玉米产业发展注入了新动力。

第四章

阳光玫瑰葡萄基地

在青豆沟村,阳光玫瑰葡萄种植基地有两处:一处是由蒙瑞丰种养殖专业合作社在白旗窑移民村种植的;一处是由内蒙古中清农业发展有限公司(以下简称中清公司)在曾经的知青农场种植的。

阳光玫瑰葡萄有"白南"的血缘,虽属欧美杂交种,但具有典型的欧亚种特性。该品种果粒大、含糖量高、风味佳、肉硬皮薄,可以成为葡萄产业的更新替代推广品种之一。因为带着阳光和玫瑰的香气,所以被称为阳光玫瑰葡萄,被誉为水果界的"爱马仕"。阳光玫瑰葡萄果肉饱满,色如翡翠,入口即化,香味沁心。

阳光玫瑰葡萄粒大,抗病,耐贮性好,栽培简单。果穗呈圆锥形,穗重600克左右,大穗可达1.8千克左右,平均果粒重8~12克。果粒呈椭圆形，黄绿色，果面有光泽，果粉少。果肉鲜脆多汁，有玫瑰的香味，可溶性固形物含量20%左右，最高可达26%，鲜食品质极优。不裂果，不脱粒，丰产，抗逆性较强，综合性状优良。

清水河县蒙瑞丰种养殖专业合作社的阳光玫瑰葡萄基地，占地面积120亩，其中流转白旗窑村集体土地76亩、周边农户土地44亩，建设标准化温室大棚40座，每座种植700平方米。大棚整齐排列在景观道两旁，在阳光的照耀下闪着银光。地里铺设着最新的水肥一体化喷灌设备，确保了有机葡萄自然成熟，口感最佳。

大棚里的阳光玫瑰葡萄正在成长，翠绿欲滴的葡萄爬满支架，果实饱满圆润，犹如一颗颗绿宝石挂满枝头，煞是好看。果农们正在大棚里忙碌着，一片热闹景象。

阳光玫瑰葡萄整枝主要有扇形和龙干形两种方式。这两种整枝方式不论怎么改进，永远改不掉三大缺点：一是剪掉了最好的花芽；二是叶少浪费阳光；三是连续冒杈、连续抹杈。三大缺点导致阳光玫瑰葡萄投产慢、产量低、质量差、难管理、结果部位上移、树势迅速衰退。葡萄小龙干技术，又名蔓性果树一边倒技术，或双枝更新技术。它分为高架小龙干和矮架小龙干两种，高架小龙干更简单。每亩地栽480~529株。每株有两个主蔓，主蔓前段发10个结果枝，基部发两个预备枝，双架面，高架面。栽植一年后亩产极易超过一万斤，远超其他技术两倍以上。因其速产速效、高产高效、至简至易、省工省钱，得以迅速推广，现已发展成为换代技术。

此外，定植当年的阳光玫瑰葡萄正常生长的植株新生枝条上完全展开叶片偶尔会表现出皱缩畸形、黄化并散生受叶脉限制的褪绿斑驳，但叶脉没有出现褪绿斑驳。生长一段时间后，畸形叶片逐渐恢复正常。这可能与阳光玫瑰葡萄营养繁殖亲本的脱毒彻底与否有关，但仍需进一步的研究。

近年来，蒙瑞丰种养殖专业合作社不断完善大棚的基础设施建设，引进精品品种，加大科技投入力度，绿色种植、科技种植让葡萄品质更好，增强核心竞争力。目前种植的葡萄有阳光玫瑰、夏黑等20多个品种。从品种选定、农家肥选购、有机肥采买，到栽种的行距、株距，都有统一的标准和技术指导。一个大棚可产3000斤左右，每斤可卖到50多元。

中清公司在以前的知青农场和后来苗圃淤出的土地上，建起一个阳光玫瑰葡萄基地，占地面积近200亩。据车旭涛老师介绍，他们的阳光玫瑰葡萄是从日本引进的品种。车老师在统战部时去日本培训考察，回来后想在呼和浩特市周边找温室大棚做试验。中清公司抓住机遇，进行试种。后来，清水河县亢永强县长想在清水河推广阳光玫瑰葡萄。他原计划做苜蓿产业，考虑到6个温室挺适合种植阳光玫瑰葡萄，就建议中清公司引进。其实，当时中清公司已试种成功，保证第一年引进，第二年挂果，第三年丰产。

大棚里，串串绿宝石般的葡萄挂满藤条，使得树架被压得极低，给人力不从心的感觉。

该品种是从国外引进的世界级顶尖品种，从开花到果实成熟约为170天。等到收获的季节，订货商络绎不绝，市场紧俏，价格不菲。

该基地很好地解决了当地村民的就业问题。每年有2000人次以上在基地工作，包括固定工和临时工，每年需要40多万元的工资。加上种地、养牛、养羊、种苜蓿，共计需要130万元的人工费。

"去年因受病虫害影响，阳光玫瑰葡萄没有挂果。我今年准备在葡萄树两侧开沟，精准追肥给水。现在各个棚的葡萄果实累累，真令人开心！作为葡萄树的技术员，看到自己的付出有了结果，心里比吃了蜜还甜。等这几个棚的葡萄树都熟透了，按成熟顺序售卖，我就更开心啦！"公司聘请的科技特派员李新宁说。

李新宁的老家在甘肃。他精于钻研，并有多年种植葡萄树的经验。中清公司以5000多元的高薪把他聘请过来做技术指导。他针对葡萄树各个阶段的长势需求进行不同的精细化管理，并精准计算出果树发芽、散叶、开花、结果等每个时期所需的肥料和光照等。他每天在各个棚里穿梭忙碌，虽累但很充实。

站在葡萄树下，看着处处滋生的新绿，身上洒满春天的味道。在大自然的怀抱中，破土而出的力量在脚下升起，我被成长的力量激荡着。

第五章

让"粮田"变"良田"

耕地是农业生产的重要物质基础,高标准农田是耕地中的精品。2020年,全国耕地保有量为18.65亿亩以上,这就是我们常听说的18亿亩红线。耕地又被称为农田,是指主要用于种植小麦、水稻、玉米、蔬菜等农作物,并经常耕耘的土地。基本农田是按照一定时期人口和社会经济发展对农产品的需求,依据土地利用总体规划确定的长期不得占用的耕地。老百姓称之为"吃饭田""保命田",也叫永久基本农田,非特别情况不得占用。

为切实提高基本农田综合生产能力,我国从1999年开始将基本农田整理列为土地整理重点,并不断加大资金投入力度,基本农田保护逐渐进入数量保护、质量建设并重轨道。2004年中央一号文件要求,确定一定比例的国有土地出让金，用于农业土地开发和建设高标准基本农田。

高标准基本农田是一定时期内，通过土地整治建设形成的集中连片、设施完善、农田配套、土壤肥沃、生态良好、抗灾能力强，与现代农业生产和经营方式相适应的，旱涝保收、高产稳产，划定为永久基本农田的耕地。2022年，全国要建成集中连片、旱涝保收的高标准农田10亿亩，以此稳定保障1万亿斤以上的粮食产能。

高标准农田建设目标主要涉及田、土、水、路、林、电、技、管八个方面，

具体的建设内容包括整治田块，改良土壤，建设排灌设施，整修田间道路，完善农田保护与生态环境保护体系，配套农田输配电设施，加强农业科技服务，强化后续管护等，形成田成方、渠相连、旱能灌、涝能排的高标准农田。

青豆沟村四面环山，山多地少。长期以来，耕地分散、生产效率低、产业规模小等问题突出，还存在耕地"非农化""非粮化"和土地撂荒现象，制约现代农业高质量发展，加快推进高标准农田建设势在必行。

2000年以前，青豆沟村的水浇地都是大水漫灌。它是在田间不做任何沟梗，灌水时任其在地面漫游，借重力作用浸润土壤，是一种比较粗放的灌水方式。这种方式灌水的均匀性差，水资源浪费严重，长此以往还会导致土地的盐碱化。当时，村民们固守着旧理念，认为浇

地就是浇灌"地",就是要浇足浇够水。他们沿袭几千年来的传统方法,采取大水漫灌的方式,把整地都灌满水。如果田地不平整,有高有低,要使地块都灌满水,用水量就很大,也会造成巨大的浪费。

青豆沟的农田从大水漫灌、滴灌到高标准农田建设,走过一条漫长的道路。2011年,在内蒙古发展和改革委及清水河县水利局的支持下,云二召带头做示范,将自己在大坪流转的2000多亩土地改造成精准滴灌。滴灌源于以色列,田间以软管纵横其中,中开小口,水自口出,以滴注的方式对植物根部进行浸润。这种浇灌方式有利于农作物水分吸收,且省水省力省时,防止病害传播,比大水漫灌节约用水80%以上。2017年,云二召与水利部门协调,先后在康堡、前阴畔、后阴畔、大库伦村打了10眼农灌井,并配套了水利设施。第二年,地消开后,他们将主管压好。小管在播种时压,一行地膜一根管。经过三个多月的奋战,4000多亩土地实现了滴灌。大库伦的2000多亩地,压管子,建喷灌,但因电力不足,还没有彻底实现。如果按每亩产粮600斤计算,滴灌后能产粮1200斤,实现了增产增收。青豆沟的1.6万多亩土地中,有7000多亩实现了节水灌溉。智能灌溉系统灌溉效率高,提质增效明显,灌溉一亩农田只需要一分多钟,灌溉施肥系统自动化控制无须人工操作,比普通漫灌亩均节水60%,水分利用率在85%以上,是大水漫灌的近三倍,节肥和减少农药使用20%,土地利用率增加28%,亩均节约增效950元,为高标准农田建设创造了条件。

青豆沟人逐年按标准实施土地平整工程。实现耕作田块集中,田面平整，耕作层厚度在30厘米以上，有效土层厚度在60厘米以上，土壤理化指标满足作物高产、稳产要求，田块规格和平整度满足农业机械化生产要求，田块面积北方平原区不低于200亩，丘陵区水平梯田化率不小于90%，建设高标准农田。村里的部分农田实现了滴灌几千亩高标准农田，滴灌全覆盖，旱涝保丰收；田里施的肥是村里几家大型养殖场的牛羊粪，收获的粮食绿色健康。

群众所盼，就是工作所向。青豆沟人聚焦"手中粮"，紧盯稳粮、增粮、兴粮等关键环节。抓产业，抓项目，就是抓发展。以"小块并大块、坡地变平地"为抓手，全身心"扎"在项目建设"主战场"，倒排工期，挂图作战，抢晴天、战雨天，克服高温酷暑等不利影响，全力配合做好土地平整、沟渠改造和纠纷调解等各项工作，让项目建设跑出"加速度"。开展"地平整、户连片、路成网、渠相连"的高标准农田建设，积极助力高标准农田建设，切实为粮食安全保驾护航。

高标准农田一头连着粮食安全，一头连着农民增收，是推进乡村振兴、助力现代农业发展的重大举措。青豆沟抢抓新国发二号文件政策机遇，强化现代农业基础支撑，深入实施"藏粮于地、藏粮于技"战略，把高标准农田建设作为"三农"工作重点来抓落实。通过实施灌溉与排水工程，合理利用水资源，形成"旱能灌、涝能排、渍能降"的灌排体系，采用节水灌溉措施，增加有效灌溉面积，排涝标准应不低于十年一遇。

高标准农田建设好后，呈现一派路好田沃的景象。不管是运农资进去，运农产品出来，还是灌溉用水、机械化生产，都能得到大幅度改善，节水、节电、节肥、节药效果都很明显。最主要是能降低生产成本，提高土地的粮食产量。

高标准农田建设生产根本在耕地、命脉在水利、出路在科技、动力在政策，沿着这一思路，青豆沟围绕"稳产、优供、增效"的目标，加快打造一批现代农业、高效农业、示范农业、特色农业。高效农田建成后，将有效破解原有耕地面积小、不连片、无法实现机械化作业等难题，实现农业规模化种植、机械化管理、高效化灌溉。

放眼望去，昔日的山路不见踪迹，取而代之的是一条条硬化的机耕道，使田块之间和田块与居民点保持便捷的交通联系，满足农业机械化生产，安全方便的生活需要。通过农田保护与生态环境保护工程，预防和减少农田的自然灾害，保持和改善农田生态环境，保障安全生态系统安全。农田防洪标准不低于二十年一遇。按照"集中连片、旱涝保收、稳产高产、生态友好"的要求持之以恒地抓好高标准农田建设，整合完善建设规划，补齐农业基础设施短板，夯实农业发展基础，为发展现代农业、全面建成小康社会奠定坚实基础。

青豆沟村有耕地1.6万亩，已建成高标准农田4000多亩，基本农田8000多亩。谷雨过后，青豆沟村进入粮食作物大面积播种期，农机隆隆，穿越在农田之间，翻土、挖坑、播种、施肥，覆土玉米种植井然有序，为农民红红火火的日子播下希望。当一粒粒种子从播种到收获，从风霜到雨雪，从秋风到小满，需要200多天漫长的等待。勤劳的庄户人会用汗水将庄稼地涂上新的色彩，从青涩开始描绘，用绿色进行润色，风吹过后，犹如一片广阔的绿色海洋，最后形成丰收的壮阔景象。

  沃野千顷，绿韵绵长。在广阔的田地间，一片片高标准农田托起新的希望，一幅幅美丽的田园画卷不断铺展开来……青豆沟正借力高标准农田建设的"东风"，朝着实现农业农村现代化和乡村全面振兴的目标阔步迈进。

第五篇　乡村振兴篇

第六章

稻田里的"追梦人"

2022年5月22日，袁隆平在湖南长沙逝世，享年91岁。噩耗传来，云文龙站在村委会对面广场迎风招展的国旗下面，沉湎于对往事的追忆中，告慰袁老"终其一生，心忧苍生，躬耕不辍，一稻报国"的赤子之心。

年近不惑的云文龙最佩服和最爱戴的人就是袁隆平，他感觉袁隆平就像自己的爷爷。在他眼里，袁隆平是"杂交水稻之父""共和国勋章"获得者，也是一位"宝藏90后"，更是一位稻田里的"追梦人"。为了实现"中国人的饭碗要牢牢端在自己手中"，他在稻田里守护了近70年，从未停下逐梦的脚步……

"发展杂交水稻，造福世界人民"是袁隆平的毕生追求。他倾其一生，为中国的粮食安全、农业科技创新、世界粮食发展作出重大贡献。百姓爱戴他，不光是因为他的勇于创新、坚毅执着、卓越贡献，还因为他的朴实无华、躬耕田野、平凡中的伟大，更因为他的家国情怀与风范传承。

袁隆平，1930年9月7日生于北京。作为新中国培养的第一批大学生，能跳进"农门"，关注农村，关心农业，与他的人生经历是分不开的。这一年，全国性的土地改革刚刚完成，农民获得土地，真正实现了"耕者有其田"，但是饥饿的魔咒还没有远离。和经历过那个年代的人一样，袁隆平一直对饥饿的感觉记忆犹新。"像我们这个年纪的人，经历过没有饭吃的日子，那是真难过。特别是我们国家，人口这么多，人均耕地这么少，粮食安全特别重要。中国人的饭碗要拿到自己手里，不要靠人家，我们现在就是为自己解决粮食问题而奋斗。"

中国人口多，耕地少，保障国家粮食安全，唯一的办法就是提高单产。因此，高产是一个永恒的主题，对农民来说，也是一个难题。袁隆平和水稻较了大半辈子劲，就是要使水稻产量大幅度提高。袁隆平一直执着地追求着："像贪财的人有百万想千万，千万想一亿。我就是贪产量，到了七百公斤贪八百公斤，八百公斤贪九百公斤，九百公斤想一千公斤，最后一千二百公斤（每亩）十八吨（每公顷），不满足，因为这是个有意义的事情。"20多年来，袁隆平带领团队开展超级杂交稻攻关。新育成的第三代杂交稻，全年亩产高达1530.76公斤，已在印度、美国、巴西等国大面积种植。

袁隆平给世界最好的礼物，不仅有杂交水稻，还有他传承的宝贵精神。袁隆平的愿望是让水稻长成甘蔗一样高，米粒像鸡蛋一样大，让每个人都吃饱饭，家家过上小康一般的生活。袁隆平身材并不高大，又黑又瘦。他每天像农民一样，面朝黄土背朝天，几十年如一日，最终成功研制出高产水稻。这种水稻虽然没有甘蔗高，米粒没有鸡蛋大，但让中国的水稻增产了好几倍，家家都能吃饱穿暖。

袁隆平对年轻人的勉励，从不吝啬。他说："理想要高雅，不要专门向钱看，赚钱应该要赚，但要能赚对社会对老百姓有益的钱。"他有一句名言："人就像一粒种子，要做一粒好的种子，身体、精神、情感都要健康。种子健康了，我们每个人的事业才能根深叶茂，树粗果硕。"2020年，袁隆平寄语年轻人："我希望更多青年从事现代农业！青年农民是国家的希望，现代农业研究需要更多的知识青年。"

这句话在云文龙的心中掀起了波澜。青豆沟村有万头以上牧场10个，还有甜玉米加工、有机肥厂等，产业多，线路长，电压低，电力供应不足。早在2018年，在清水河县召开的人代会上，云二召就提出"加强基础配套设施，解决用电难问题"的议案，一座铁塔，占地较多，土地难批，没有得到解决。云文龙担任村支书和村主任后，为了完成父亲的遗愿，在2019年和2020年连续两届的县人代会上，继续提出议案。2020年，他还得到白旗窑村支部、副书记张军的支持，二人共同提议。"加强基础配套设施，解决用电难问题"这一议案终于得到落实。

2022年7月，呼和浩特市清水河县康堡村110千伏输变电工程项目开工建设，实施农村电网改造227千米，让电力成为乡村振兴的助推器。云文龙协助在康堡村东，通过招标征地8亩、临时用地13亩，建铁塔，引入高压线，增加用电量，以满足当地经济发展的需要。内蒙古电力公司派出技术过硬的施工队伍，按时完成工程。

无处不在的电力已经成为城乡不可或缺的重要能源。这项工程将以康堡村为中心向周边区域辐射，推动区域经济转型发展。青豆沟作为旱作农业村，有强大的电力做支撑，将继续发展绿色、高效、高质的现代化种养业。此外，还将有3000多亩旱地实现滴灌，亩产会成倍增长，进一步建成高标准农田。完善的基础设施建设，也是吸引大企业、大项目落地的重要法宝。这无疑是袁隆平精神在云文龙身上最好的体现。村里的老人种不了地，村委会托管土地，用大型机械帮助他们种地。为了防止贫困户脱贫后返贫，云文龙将自家的牛估价，给农户养大后再还本。他还购买了收割机、装载机、打草机，帮助没有劳动力的农户种地。

粮食是人赖以生存的物质基础。习近平总书记始终重视粮食安全问题，多次强调：中国人的饭碗任何时候都要牢牢端在自己手中。我们的饭碗应该主要装中国粮。这就是说中国人要自己养活自己，保证社会大局稳定。袁隆平为中国人民树立了榜样。通过一粒稻米所承载的科技提升粮食综合生产能力，是无数人的梦想，也是一个民族的希望。云文龙想在高标准农田里种上稻米或小麦。通过青豆沟人的共同努力，多措并举，有信心、有底气、有能力把饭碗端在村民自己手中，夯实"三农"压舱石，稳住农业基本盘，让金色麦浪涌动在希望的田野上……

云文龙仍然记着袁隆平写给妻子邓哲的一首情诗，想像这首诗写的那样，成为一个质朴、忠实且热爱生活的人。

> 一个人如同一粒尘土，
> 无论怎样飞扬，
> 怎样喧嚣，
> 到末了，
> 还是要落到自家的土地上；
> 一个丈夫如同一片落叶，
> 无论他怎样张扬，
> 怎样的由绿变红、变黄，
> 到末了，
> 还是要落到自己妻子身边。

第七章

青豆沟的"新农人"

从城市到乡村,盎然的春色,优美的景色,令人陶醉。而最让人心动的是,村里人对梦想的追逐。曾几何时,告别乡村是一代人逐梦的起点,进城打工最终成为村里人求生存的基本保障。如今,乡村振兴如火如荼。回归乡村,成为越来越多"新农人"的选择。

"新农人"是一个划时代的新兴农民群体。他们有头脑,有文化,有见识,有长远的目光,掌握着现代农业生产技能,具备一定的经营管理能力。他们以农业生产、经营或服务为主要职业,以农业收入为主要生活来源,是居住在农村或城市的农业从业人员。"新农人"是相对于传统农民而言的,我们传统意义上的农民是指单纯地以种地为生的人。"新农人"不拘泥于什么身份、什么文化程度,他们的学历、经历、生活环境千差万别，但是他们都怀着同一个梦想，在农村这片广阔热土上播撒智慧。

如果你有学问，有才华，能吃苦耐劳，一定会在这里派上用场。那些从农村走出去的年轻人，如果能够回来为乡村振兴做一些事，也将为自己创造一个新的前程。

一

青豆沟村养殖场，是孙增祥梦想开始的地方。

孙增祥，39岁，桦树村人。毕业后，他一直在城市养车做工程。受云二召、云文龙的影响，他于2013年回到青豆沟村二道卯，流转了500多亩土地种玉米，养了400多只母羊。次年，他又流转了2000多亩土地种植农作物，继续养羊。在土地承包、租金议定时，云二召帮他出面说和，解决了许多难题，还为他的经营出谋划策。在创业起步阶段，他投入非常大。因为当时没有农灌井，地浇不上水，连续三年歉收，每年赔30多万元。直到2018年，年纯收入30多万元。后来，他打了两眼井。在云二召、杨全的支持和帮助下，县水利局给他打了三眼井，并配备了浇灌设施。从此，2000多亩地都变成水浇地，种青贮玉米，每亩可产青贮饲料3吨左右，除了满足自己养殖的需求，剩余的卖给其他牧场。

2020年冬，他与五户农户一起办了腾祥农业合作社，建成占地面积2000多平方米的牛棚、牛场、半自动化养殖场，开始肉牛养殖。

2022年秋，孙增祥种的青贮玉米正在收割。玉米地里，收割机和大货车并驾齐驱，收割粉碎后的青贮玉米被装上大车，直接拉进养牛场，倒在平地上建的两个像桶一样的大水泥池里。青贮玉米被机器碾压实，排尽空气，盖上厚塑料膜，一般经过3~5周就可发酵成青贮饲料。青贮饲料和干草经过全混合日粮制备机加工，用于饲养牛羊，营养价值很高。

"新农人"高度认可传统的农村生活。正因为他们热爱家乡，才让他们有志于改变家乡的落后面貌，为自己的村子带去新的种植思路、种植方式和种植理念。他们的目的是在实现创业理想的同时，带领家乡人民走上脱贫致富的道路。

二

达赖哈达村有一位回乡养殖的年轻人魏再平。

魏再平，出生于1975年。家里有六口人，50多亩地。中学毕业后，他就想在呼和浩特市开一家肉铺。考虑到收别人养的牛卖，成本比较高，赚不了多少钱，于是他决定自己养牛。

他在金川开发区租了个院子养牛，媳妇在农贸市场租了个摊位卖肉。在市区养牛，需要购买饲料，成本比较高，而且租的地方小，不适合养牛，牛的成活率低。牛经常生病，刚下的牛犊站不起来，肉摊的生意也一直不好。

魏再平听村里人说云文龙的牛养得不错，就特意回村取经。

云文龙带他看了自己养的牛,并启发他说:"你与其在呼市购买饲料养牛,还不如回村来,自己种玉米,解决了饲料问题,养牛就更划算了。"

魏再平说:"我也想回村发展,可是达赖哈达在山上,自然条件差,沟壑纵横。土地不少,但浇不上水,靠天吃饭,广种薄收。最大的问题就是人畜饮水的问题。"

云文龙说:"我正在想办法解决村子上自来水的问题。你回来发展肯定比在外面强。村里的地大都是坡草地,退耕还草。草地可以放养,最适合搞养殖业。回乡种地养牛,是个不错的选择。"

魏再平说:"听人劝,吃饱饭。云书记说的话不无道理。"

2021年3月,魏再平毅然回到家乡达赖哈达村,流转了80多亩土地,种上了玉米。他建起占地1000多平方米的牛棚,从呼和浩特市拉回10头牛,又买了38头母牛、50多头西门塔尔肉牛。当年牛300多斤,成年牛800~960多斤。按每斤38元左右计算,每头纯利润1万多元。

如今,达赖哈达村正在通自来水。魏再平信心满满,他的目标是养60多头牛,种100多亩地。

作为"新农人",魏再平最大的特点就是不再满足单调、简单、落后的常规种植。他为了创业理想,为了实现远大的抱负,为了回馈家乡,积极投身新农村建设中。

三

王瑞军，碾房沟村人。2015年，高中毕业。从17岁开始，他就在县城搞装修，并开了一家建材门市部。后来，生意不景气，他就考虑回家种地。

2018年，呼和浩特市瑞祥合作社成立。他流转了土地400多亩。因为缺配套设施，浇不上水，就自己动手治理荒山，建坝体，采用淤洪澄地的方法，造出200多亩地。他在澄出的土地上种植覆膜玉米，做青贮饲料，亩产1000斤。

他还建了养猪场。猪舍、饲料房占地1000多平方米。他养殖藏香猪，从38头一直增加到200多头。之后还从甘肃引进厥麻猪和野猪杂交的品种。

藏香猪以吃草为主，吃精饲料比较少，属于瘦肉型，营养价值高。这种猪饲养周期长，一年半出栏，能长到60~80斤，每斤可卖到40元左右。

目前，他的养猪场已实现半自动化养殖，达到一定数量后，可以实现散养。

他继承了老农民的优良传统，能吃各种苦，能受各种累，不惧怕困难。淳朴善良的农民本色在他身上体现得淋漓尽致。他运用互联网，通过多种渠道，把藏香猪销往全国各地，甚至漂洋过海。他利用互联网把传统的农业种植养殖和农村电商完美对接，能够实现足不出户与千里之外对接。

四

青春该是什么样子?

村里人常讲一个"红根绿叶"的故事。很早以前,有一个年轻人多年在外打拼未回家,回来时经过村里的一块地,看到一个老农正在荞麦地里劳作,就走上前问:"老乡老乡,请问这红根绿叶是什么玩意儿?"

老农听到问话,抬起头正要回答,突然发现这人是自己的儿子,于是追着就打。看来,有时改变并不是我们想要的结果。

刘健龙,一位"90后",生在达赖哈达村,长在康堡村。如今,他是青豆沟村年龄最小的农民。

从2005年起,刘健龙就跟着云文龙跑班车,学开车、当售票员,一干就是五年。

2009年,刘健龙又跟着云文清搞物流。当了三年保管,开了两年小货车。

2013年,云二召联合五家农户创办了蒙端丰种养殖专业合作社,刘健龙是最年轻的股东之一。他积极投身养羊养牛工作,搞防疫,也做甜玉米种植、加工、仓储等,掌握了许多种植养殖技术,成了不可多得的农业人才。

2017年,刘健龙担任青豆沟村民兵连连长。2019年,当上了青豆沟村监督委员会成员。他决心扎根农村，当好创业带头人。

每一位劳动者都在用汗水和智慧书写着属于自己的美好人生。"新农人"不管从事的是农业种植还是养殖，都拥有深厚的技术功底。他们身上具备过硬的农业技术，对于农村技能的储备都有一定的功底。对于"新农人"来说，成功对于他们的意义，绝不仅仅是自身的发展，责任心和使命感要求他们去做的是改变农村的整体落后局面。

不管是"新农人"还是职业农民，都是农村现代化产业的缩影和代表。正是因为这个有理想、懂技术、会经营的新时代农民群体的出现，才会带动农村经济实现质的飞跃，为农村注入生机和活力。在农村创业的道路虽然困难重重、阻碍重重，但是这群有毅力、有远大抱负、有宏伟目标的新时代农民，一定会顶住困难，带领家乡的父老乡亲走上致富之路。

第八章

让闲置土地"活"起来

土地是农民的命根子，是农民增收致富之本，也是乡村振兴的核心资源。搞活农村土地流转经营权，让"沉睡资产"焕发生机，让农民的腰包"鼓"起来，是激发农村发展活力、助推乡村振兴的有力抓手。近年来，青豆沟村坚持党建引领，整合力量，发挥优势，通过土地流转经营权盘活村里的闲置土地和荒地，促进种植业、养殖业发展，形成种养结合、可持续发展的绿色循环经济，带动农民增收致富，"转"出乡村振兴的新活力。

地少人多是中国农村的普遍现实，也是制约乡村振兴的重要因素。30年前，中国农村实行土地联产承包责任制，农民分到土地。但由于土地肥瘦不一，大块的土地被分割成条条块块。划分土地时留下的种种弊病，严重制约着生产力的发展和产量的提高。随着农村人口大量外流，青豆沟村外出打工并长期在外定居的群体越来越多，出现农村"空心化"问题。村里一些破旧的房屋长期无人居住，不仅影响村容村貌，也成为不稳定的安全隐患。再加上部分群众"建新不拆旧"，造成废弃宅基。此外，村子里还有一些塘坑、场院、堤坝等，这些土地有的被村民私占私种，有的被闲置荒废。如何让"闲置"的土地"活"起来，实现集中连片，实现规模化、集约化经营呢？为破解土地紧张难题，有效提高土地管理使用效能，进一步发展壮大集体经济，青豆沟村扎实开展闲置土地清理、回收工作，因地制宜做好土地流转工作。

村干部进村入户加大宣传有关土地的法律法规，让广大村民了解自己对于土地的权利和义务；宣传土地流转经营权带来的效益，村民有权利将经营权有偿出租出去，既可保持土地性质不改变，又能实现土地流转，增加土地收入，发挥土地最大的效益。针对村民思想观念老旧固执的问题，党员干部发挥人熟、地熟、情况熟的优势，主动上门宣传政策，做好村民工作，并率先签订合同出租自己所承包的土地，带头打包票、许承诺，打消村民的顾虑，真正取得"党员带头，带动一片"的示范效应。通过做耐心细致的思想工作，村里扫除了土地流转工作中不必要的障碍。

俗话说"一亩三分地"，就这一亩三分地，怎样把土地的潜力、人的潜力发挥到最大？早在宋代，陈旉在《农书》中就提出"相继以生成，相资以利用"的思想。青豆沟村收回闲置土地只是第一步，最关键的还是将土地管好用好。他们明确各村闲置土地的用途、归属和后续管护，因地制宜、因地施策，充分挖掘土地资源的最大效益。这些土地一部分用于解决农村人口增长和高速占地产生的矛盾；一部分由村集体统一对外发包，确保土地不丢荒、村集体经济收入有保障；还有一部分由各村结合自身实际，引进企业，发展特色种植养殖项目，增加收入的同时带动周边村民就业。

乡村振兴的第一要务，是盘活闲置土地及闲置房屋等资源，为乡村振兴凝聚巨大的力量，于是农村土地流转成为时尚话题。农村土地流转是指农村家庭承包的土地通过合法的形式，保留承包权，将经营权转让给其他农户或其他经济组织的行为。农村土地流转是农村经济发展到一定阶段的产物，通过土地流转，可以开展规模化、集约化、现代化的农业经营模式。

引人注目的是，青豆沟这棵梧桐树招来了金凤凰——赛科星牧场。该项目尚在兴建阶段，未来必将是地方税收的一大支柱。

赛科星，准确地说，是国家乳业创新中心奶牛核心育种场与国家胚胎工程中心项目基地。它承担着国家胚胎工程中心项目，旨在打造中国航母级奶牛为主的家畜育种龙头企业。这里的种公牛清一色雄霸世界级名次。

那么，这么大的一家企业，是如何落地青豆沟波波代村的呢？

农村招商不是一件容易事，无工业用地指标，土地难以变性。

波波代村因为找到了水源，通了自来水，伊利集团在考察投资1500亩的繁育中心时才落户到村里。征地最关键的是补偿，这些都有统一标准，每亩青苗补贴800元，每亩地补贴1200元。青豆沟村引进赛科星牧场，协助征波波代村荒地1500亩，流转30年，每亩地60元。此外，还占用了白旗窑村少量土地。

乡村振兴，产业先行，这是相辅相成的。乡村振兴，就是要让每一寸土地都焕发生机，将每一寸土地利益最大化。当时，驻村第一书记云文俊说："我们所建的基础设施都遵循'建得成、用得起、成本低、无负担、无污染、可实用、可持续'的原则。所有工程建设都不能沽名钓誉、自毁形象，不能只看眼前利益不管子孙后代。"

在赛科星的"三通一平"建设中，他们提出的问题使青豆沟村书记云文龙面临着新的挑战。在赛科星所征土地上，有一座规模比较大的祖坟。赛科星牧场的领导为了保证牧场之内无污染，要求青豆沟村"两委"协调迁坟。在青豆沟村村民的观念中，迁祖坟是犯忌讳的。平时，迁一两座尚且困难重重，何况是一大片祖坟。

云文龙将迁坟的事情向县里、乡里做了汇报，县领导十分重视并责成相关部门成立协调工作小组，协助他完成此项工作。云文龙带领协调组先后两次前往墓主家里商谈此事，但未能达成一致意见，协调工作推进得十分艰难。

2022年11月，农业农村部会同多部门正式下发了农村移风易俗专项整治行动方案，其中殡葬方面，国家也制定了新规，要求正式启动

"两禁一拆",2023年将全面覆盖。"两禁",指禁止农村薄养厚葬风气,禁止农村封建迷信活动;"一拆",指拆除农村违规坟墓。这一新规的出台,如及时雨,云文龙面临的问题迎刃而解。

现在的青豆沟村,生态环境得到改善,庄稼产量高、品质好。村委会已规模化流转土地5000多亩,引进龙头养殖企业,成立了10个农业合作社。在青豆沟规模化流转的土地上,沟垄有序、整齐划一。利用现代农业设施后,玉米种植、灌溉比以前更高效、更省力,村民土地流转给企业、合作社统一经营,避免土地荒废,又能收到土地租金,省时省力就能实现增收。农企结合,不仅创造了许多就业岗位,吸引了大量或当地,或周边,或外来务工人员来打工,而且吸引周边农户加入玉米种植行列,按照"公司+合作社+基地+农户"的发展模式,构建集优良牛羊品种培育、高标准玉米种植、牛羊驴共育技术推广、甜玉米深加工、青贮玉米饲料生产加工于一体的产业链。种羊种牛的培育改变了村子里的畜种品质,牛羊的粪便经过肥料厂加工成有机肥直接用于农田玉米种植,玉米加工成青贮饲料,再用于种牛种羊养殖,形成可持续发展的绿色循环经济,走上了生态乡村之路。

乡野长歌

第九章

一座村庄一种精神

　　青豆沟村是内蒙古自治区的"民族团结进步示范村"和"乡村振兴示范村",但因位于清水河县最东北端,地处偏僻,鲜为人知。青豆沟村有着悠久的历史。这里的人们不卑不亢,不挣扎,不辩解,根扎得很深。这里有令人心旷神怡的自然风景,能唱响一曲撼人心魄的乡野长歌。

　　许多人慕名而来,他们也许和我一样,怀着好奇心,想要知道这个小小的村庄魅力到底在哪里。在干旱的黄土高原上,青豆沟人凭着一股韧劲,使水不出沟,泥不下山。难道是这汪水对人的生命起到至关重要的作用?还是他们对自然的敬畏给如此贫瘠的土地赋予新的含义?我们明白,青豆沟人与大自然之间有一种默契。人们可以安然洞察天地万物，感悟其中蕴含的生命力，让人觉得有了另一种情怀。我越来越感到这个村庄是有精神的。这种村庄精神就植根于进入或走出村庄的每一个人的灵魂深处。一个能凝聚起精神的村庄，是不会轻易消失的。

青豆沟人思想认识超前，具有战略眼光。青豆沟的水土保持、生态建设，经过"拓荒—创业—守业—发展—创新"的艰难历程，积累了很宝贵的精神财富，即矢志艰苦奋斗，勇于开拓创新。"一个国家、一个地区真正的财富，不仅在于拥有无形的物质力量，从某种意义上讲，更在于是否拥有无形的精神力量。"这是一段对于推动人类进步和社会发展源源不竭的精神动力所做的精彩论述，以此观点看青豆沟，除却自然条件改善和生活水平提高，在精神上的激励和榜样作用更是一笔弥足珍贵的财富，给人以启迪。

艰苦奋斗是发展之魂。

>一道道山来一道道沟，
>我家住在沟里头。
>山顶顶都是和尚头，
>沟里都是乱石头，
>年年遭灾害，
>十年九不收。

乡野长歌

用这首信天游来总结青豆沟人过去的生活状态，再恰当不过了。像所有刻骨铭心的故事一样，从20世纪50年代开始，青豆沟人真正意义上开始改天换地了！他们硬是用镢头、铁锨、架子车等较为原始的工具，修梯田、平山头、打水坝、填山沟。摆放在村史室里的石碾便是最好的见证。到了20世纪70年代末，青豆沟有了第一台"铁牛55"拖拉机，可他们还是凭着一双手披星戴月，年复一年，改变着家乡的落后面貌。"越穷越垦、越垦越穷"的经验教训说明，只有做到工程措施与生物措施并举，才能获得良好的收益。青豆沟在沟沟壑壑间，淤地坝、造良田，治沙造林，美化家园，摸索出青豆沟小流域治理模式，形成了村民敬畏而不屈服于自然的天性，培育出不屈不挠、艰苦奋斗的实干精神。在自然环境恶劣的黄土地上，他们硬是靠双手，在长达半个世纪的坚守与拼搏中，把穷山沟变成聚宝盆。翻开青豆沟的创业史，其辉煌成绩令人震撼。追根溯源，它是"自力更生、艰苦奋斗"精神的继承和发扬，是党的优良传统的传承和再现。

开拓创新是发展之源。青豆沟村四届党支部班子响应"水土保持，功在当代，利在千秋"的号召，凭着智慧，将每一寸土地合理利用，提出"宜林则林、宜草则草、宜粮则粮"的口号，在不断总结经验的基础上，对峁、梁、沟、坡、滩全面规划，由山、水、田、林、路综合治理到退耕还林还草。世代在这里繁衍生息的人们以种植养殖为主。青豆沟人无论是从20世纪60年代开始开荒造田，还是发展到近年来的林、牧、农三业并举，在治理水土流失方面，摸索出青豆沟小流域治理模式。如果说"敢与天斗"是强者的呐喊，那么尊重规律、因地制宜便是智者的选择，也是科学发展的体现。几十年水不出村、泥不下山，更不会给黄河输送一点泥沙。青豆沟人与大自然有了一种默契。在退耕还林还草中，5800亩梯田都还了草。他们大力发展青贮玉米和甜玉米种植，种养结合，大力发展养殖业。2022年，全村人均可支配收入达到3.7万元，比全县平均值多出2.3万元。青豆沟的治理经验——综合治理，保证水土不流失；打坝淤地，保证退耕不反弹；种养结合，保证收入不减少，是他们最有代表性的精神写照。

走近青豆沟村，你会感到有一股灵动清晰存在于自己的精神世界里。青豆沟人过去对窑洞、山峦与河水充满眷恋和忧伤。土地与人，畜牧与林草，永远是息息相关、不可分割的。我们无法想象贫苦的过去，那也是青豆沟人不堪回首的哀伤。如果你没去过青豆沟，没有仔细倾听青豆沟人的一番肺腑之言，没有用各种视角观察与洞悉青豆沟人的生活环境和他们与大自然斗争的毅力、勇气、智慧，你就无法想象青豆沟天蓝、山青、地绿、畜壮、人和的奥秘，也就无法肩负新时代人类赋予每个人为生态环境奋斗的新内容。

每个村都有它值得骄傲的光辉历史，这样的历史被村民们一心一意地守护着、书写着，它的灵魂也会号召一代又一代村民不断进取。这便是青豆沟人最朴素、最真挚的写照。他们对青豆沟的热爱、对脚下这片土地的热爱，胜过对生命的热爱。山与水、人与树、鸟与天，都在梦中相会，极致融合。我在瞬间加入了自己的理解和祈愿，同时也平添了尊敬和崇拜。他们以田园的芬芳与劳动的收获，编织着独特的新农村风姿，走出了一条生态和经济协调发展、人与自然和谐共生之路。

山坡上的树与沟里坝地的庄稼相互衬托。即使是每天早晨挂在树叶草尖上的露珠，都十分优雅而有诗意地催促着新生。太阳出山头，到处闪着青色细碎的光点，让人眼花缭乱，产生种种幻想。风儿轻轻吹来，整个山林都在动，庄稼在摇，叶子微响，鸟儿鸣叫，这种缓缓的、低沉的、空灵的、瑟瑟的音响，是物与物之间的交流，也是物与人类的低语。

其实我内心殷切期盼着，期盼天下如青豆沟一样美丽的村庄，能一直保持并生发出蓬勃生机。只有仰望着，人活得才更有精神。

第五篇　乡村振兴篇

第十章

凝心聚力再出发

2022年10月18日上午10时,中国共产党第二十次全国代表大会在北京人民大会堂隆重举行。青豆沟村党支部组织党员和村民通过广播、电视、手机客户端等渠道收听收看开幕会,聆听习近平总书记做的报告。大家纷纷表示:"我们村有今天的样子,要感谢党的恩情。习近平总书记的报告振奋人心、催人奋进,人民至上的情怀让我们感动不已。""我们要认真学习和领会党的二十大报告精神,为奋力推进乡村振兴、建设美好家园贡献绵薄之力。"

党支部还通过支部带头集中学、畅谈感想话未来等形式,深入学习贯彻党的二十大精神。活动一开始,党支部书记云文龙带头读原文、悟原理,带领村民们全面系统深入地学习和领会党的二十大报告精神。大家共建共学，党的十八大以来，党和国家事业取得的历史性成就，发生的历史性变革。全体党员联系这些年来青豆沟村的发展历程，以满腔的热情和感恩之心畅谈未来。

党员代表说："今天云书记领学了党的二十大报告原文，传达党的二十大精神。作为一名共产党员，我感到很幸福。在党的带领下，我们各族人民才迎来了今天幸福美好的生活。希望祖国越来越昌盛，人民生活越来越幸福。"

云文龙说："党的二十大报告中指出，要扎实推动乡村产业、人才、文化、生态、组织振兴，为我们农村党员提升了精气神，给我们今后的工作指明了方向。我们备受鼓舞，信心倍增。作为基层党支部书记，我将以党的二十大精神为指引，衷心拥护'两个确立'，忠实践行'两个维护'，矢志不渝跟党走，始终不忘初心、牢记使命，守正创新，聚焦抓党建促乡村振兴，文化赋能、产业增效，以更加饱满的热情埋头苦干，砥砺前行，带领大家奔赴更加美好的新生活。"

十年前，青豆沟村是个远近闻名的贫困山村。村民们走不了好路，住不上新窑，种不上良田，收不了好粮。十年间，得益于中央脱贫攻坚重大部署，在村党支部的带领下，全体村民在脱贫攻坚的道路上苦干实干，如今的青豆沟村天蓝、山青、地绿、畜壮、人和，村容景致优美，民居焕然一新，过上了比较富裕的生活。

"书记，那咱们接下来咋干呀？"有些村民急切地问道。

"总书记在报告中说了，脱贫摘帽不是终点，而是新生活、新奋斗的起点。"云文龙告诉乡亲们，党的二十大报告明确全面推进乡村振兴，坚持农业农村优先发展，巩固拓展脱贫攻坚成果，加快建设农业强国，扎实推动乡村产业、人才、文化、生态、组织振兴。"村里的产业要做得更强，村容村貌要建得更美，大伙儿的收入要更多。只要听党的话，跟党走，咱们的日子一定会越过越美。"

青豆沟村已建成规模空前的"种养+"良性循环发展的绿色产业基地，不断丰富乡村经济业态，增加村民增收空间，努力打造乡村振兴示范村。云文龙决心把生态和绿色进行到底，凝心聚力再出发，坚定走生态农业之路，建立"三种模式"，全面推进生态乡村建设。

一是建立"常规宣传+主题活动"模式，树立生态文明发展理念。不断探索创新，通过强化宣传、强化示范、强化责任措施，抓好悬挂横幅标语、制作专题展板、印发倡议书和制作播出电视网络视频等常规宣传，开展"民事联解""一对一"联谊和"清洁环境卫生活动日"等主题实践活动，并通过农民故事会、"大讲堂"宣讲等喜闻乐见的形式，教育群众改变陈规陋习。建立"常规宣传+主题活动+特色教育"全方位宣传模式，践行生态文明发展理念，形成"党内带党外、干部带群众"的清洁卫生格局，引导群众由观望、等待、依赖，逐步转变为主动配合、主动参与。

二是建立"引领示范+专项整治"模式，实现活动开展点面共进。通过开展美丽乡村示范创建活动，按照"串点成线、连线成片、整体推进"的乡村建设思路，进一步加大示范建设力度。在十个自然村，将道路硬化、村子绿化、饮水净化三个专项活动相互结合、相互促进、统筹推进，形成风格相对统一、各具特色的乡村建设示范带，把乡村建设活动引向深入。同时，开展清理废旧房屋、清理乱堆乱放，通过专项治理，形成突出重点、全面覆盖的整治效果，形成"串点成线、连线成片、点面共进"的整治模式。

三是建立"签订责任状+成立监督组"模式，确保活动扎实开展。青豆沟村签订生态乡村活动目标管理责任状，强化建设机制，巩固和扩大美丽乡村建设活动成果。建立检查、曝光、跟进处理的监督问责机制，确保乡村建设活动取得实效。通过强有力的督促检查，及时掌握活动进展情况，协调解决困难和问题，加快推进各项工作落实。

好的生态环境，是最惠民的民生福祉。山坡田野间草木旺盛，玉米地像舒展开的绿色画卷，天空中烟雨蒙蒙，布谷鸟声声啼叫，大地万物一片欣欣向荣。青豆沟村的绿水青山，不仅为黄沙阻隔了沙源，也造出大片良田。村民们的坚定信念，是他们能够坚持到底的唯一动力。青豆沟人的生态意识，或许不是觉醒，而是一种从苦日子里走出来的、未曾忘本或未被污染的状态。穷山乡变成幸福庄，山间的大道四通八达，民族团结架起连心桥。这对全国农村农业的发展仍有很大的示范意义。

尾　声

　　朋友们，你们看到了，青豆沟村的发展史，如同一块晶莹的钻石，有很多的闪光点。这些闪光点，都是值得其他乡村去重视和学习的。

　　我在青豆沟的采访中，发现在许多地方，还能找到乡村往昔岁月的痕迹。比如当年改土造田的成片农田，如今可以供车辆通行的堰坝，层林尽染的林木，这些都是几代青豆沟人书写在大地上的辉煌成就——青豆沟人改土造田、治沙造林的英雄壮举，应该是青豆沟最有价值的天然博物馆的一部分。

　　青豆沟不是城市，但在互联网时代，青豆沟有城市有的东西，还有城市没有的东西，比如含氧量极高的空气，比如农田鸡鸣犬吠，布谷声声。

　　我先后三次的采访过程，都是由青豆沟村党支部书记、村委会主任云文龙全程陪同的，在了解村庄发展变化的过程中，我也对云文龙有了更深的了解。这位在北方农村罕见的"80后",就像一个恋家的孩子,义无反顾地守护着家乡的这片热土。他留给我印象最深的,也是他发自内心的一句话,就是"现在太缺乏懂农村,爱农业的人了"。由这句话,我想到了中国乡村的未来。我认为,写这本书的目的不能只停留在这个古老的村庄在几百年的发展变化中,一代一代人都做了些什么、发生了些什么故事、取得了些什么成就。而在于他们在长期的生产劳动和社会实践中培育、传承、造就的一种什么样的传统;而在于村庄繁荣发展的背后,薪火相传的是一种什么样的精神,对后辈人乃至整个社会的启迪和影响力。

采访结束时,我和云文龙谈起关于目前农村未来所面临的挑战,他谈了几点看法,我很赞同。

一是我们的乡村有五千年的文化积淀和传承,在漫长的岁月洗礼中,逐渐形成了独特的居住环境、社会结构、风俗习惯、人际关系及运行机制等,每个乡村都是一个独立的小社会,在社会大环境的影响下相生相息,向前发展。乡村的变迁,是迭代而不是换代。在复杂多元的历史背景下,实施乡村振兴战略,就要立足原风貌、原生态,精准把握乡村未来发展的脉搏和走向,给农民一个既宜居,又宜业的家园。

二是宜居和宜业包括两个方面。一方面是生产、生活、生态和生意"四生契合"。让农民们在这片土地上好好生活,改善他们的生活环境和居住条件,做好产品开发。有好的农产品能卖出去,卖个好价钱。再好的生活条件,农民没有事干,也于事无补。另一方面是"三产融合"。中国人多地少,小农户光种地不行,需要兼业。像青豆沟村的村民,除了耕种土地,每家每户都搞养殖,养牛养羊多的上百头(只),少的几十头(只)。牛粪、羊粪用来种地,地里的玉米做成青贮饲料用于养殖,实现了绿色循环经济。村里还建起甜玉米加工厂,村民种甜玉米实行订单农业,保证种出来的玉米有销路,而且价格比较高,收入得以增加。村里将土地流转给大型企业,形成产业链。农民在种地、养殖的同时,还可以就地就近打工。只有"四生契合""三产融合",当地农民才能宜居宜业,安居乐业。

三是高效、生态是未来农业的发展方向。现代科技的植入,使农业生产效率大大提高,而农业的生态化还没有形成。要实现农业的高效生态目标,应坚持以传统产业对接现代需求的发展理念,现代需要就是有机、健康、绿色产品。有机农业要求,一亩高标准土壤,应有16万条蚯蚓,300公斤的真菌细菌,5%~12%的有机质含量。好土壤才能产出好产品。如此对比,我们的化肥、农药的使用量仍然比较大。

四是把农村建设成人与自然和谐共存的乐园。树立"人是自然中的一员"的新观念,与自然和谐共处。我们现在所面临的水、土、空气污染等问题,就是不尊重自然规律的后果。水多、水少、水脏,是人与水的矛盾点,是人与水争空间,造成生态恶化,河水断流。在生态环境上,要做好改土、治水和净化空气这三件大事,使动物植物各安其家,快乐生长。让人与自然和谐相处,创造一个山水田林河湖草、鸟兽虫鱼微生物共生共荣的生态环境。

遵循自然规律是中国农业得以传承、生生不息的根本，中国农民想问题、办事情从来都是按照这一思维方式谨言慎行。在推进城镇化的进程中，有一种声音认为要"终结村庄"，这是不符合中国国情的论调。有研究表明，中国的城镇化率上限为70%左右，这就意味着未来将有几亿人仍然生活在乡村。目前世界人口超过1亿的国家也只有13个。只要人类还需要吃饭，就必须有农业，有农业就必须有农村、有农民。面对14亿人的庞大群体，吃饭永远是头等大事，而且我们必须把自己的饭碗，牢牢捧在自己手上。

后　记

长篇纪实文学《乡野长歌》共5篇52章，展现的既是平凡而伟大的村党支部书记云二召及家族的艰苦奋斗史，也是青豆沟人站在新时代起点上，锐意进取，薪火相传，敢闯敢创，善作善成，谱写出的民族村里的乡村治理和乡村振兴的感人故事。

青豆沟村历史悠久，是一个汉族、蒙古族共同生活聚居的民族村。村民们像石榴籽一样紧密相拥，团结奋斗，共同发展，共同富裕，荣获全区"民族团结进步示范村"和全区"乡村振兴示范村"殊荣。赶上了改革开放的好时代，赶上了乡村振兴的新时代，青豆沟成为当代农村沧桑巨变、当代农民精神成长的缩影，谱写了一曲曲撼人心魄的乡野长歌。

在创作本书之前，我先后三次前往青豆沟村进行深入细致的采访。采访对象有青豆沟村"两委"成员及周边乡村的村民，有和云二召有过交集的老同志，有得到过他帮助的乡亲，有他帮助过的年轻人，还有他的亲属和朋友。他们忘记了休息，甚至是吃饭，向我讲述云二召的事迹，饱含深情，如数家珍，为我提供了大量珍贵的资料。他们对云二召的浓厚感情和高度赞赏，深深地感染了我，也让我有了一种传承历史文化，弘扬民族精神，启迪教育后来者的沉甸甸的责任。

在采访的日子里，给我印象最深的是云二召作为清水河县村干部，可以说是家喻户晓、深得人心。每次采访，对我来说都是党性的回归、灵魂的洗礼、梦想的召唤和信仰的放飞，这些都来源于大量鲜为人知的事迹。

这部作品在采写和出版的过程中，都得到了呼和浩特市文联主席云巧堂和呼和浩特市作协的大力支持和帮助，在此由衷地表示感谢！

感谢那些为此书贡献了才华、学识、经验和智慧的人们。尤其感谢薛建华、云文俊、杨全、刘志富，他们认真阅读、审阅文稿，并提出修改意见。感谢杨德明题写书名。感谢云文龙、刘志富收集摄影作品，为拙著增色不少。

远方出版社的领导、责任编辑和装帧设计诸位师友，为此书的出版发行做了大量的工作，谨表示诚挚的谢意！

刘巧玲

2023年4月于呼和浩特市